我在人間拾溫柔

伊芙
Evelyn

親愛的，
人間荒謬，
可我在人間拾溫柔。

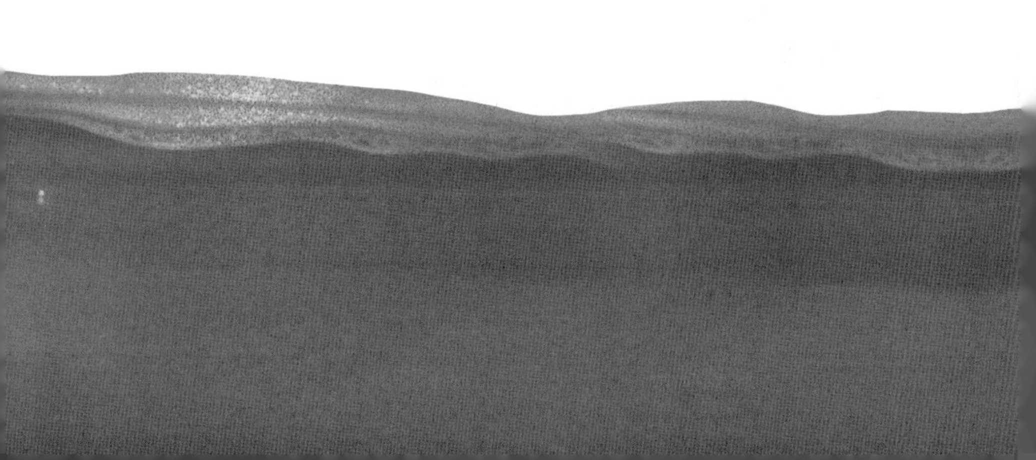

自序

親愛的，落在地上的東西，你會撿起來嗎？

如果那是一份珍愛許久的紀念品，或者一封寫上你名字的情書，你應該會的。但如果是帶著血跡的繃帶、印滿淚痕的面紙、泛黃的照片，即使它們來自於你的過往，你還會毫不猶豫地拾起嗎？

我想，你可能會由任它們被時光拋棄。

我也曾經一樣。

這些年來在愛人的路途上，有太多被我們一路遺下的東西，有些是被人掠奪後落下的，有些是我們主動放棄的，有些則是在不知不覺中被歲月磨蹭掉的——比如帶著稜角的性格、從容不迫的自信、不可動搖的原則、愛人時的耐性與肆意生長的寂寞。走了好遠好遠的路，回頭一看，才發現它們已碎裂成各種形狀的破片，躺在我們青春的跑道上，時而黯淡，時而發光。

或許到了今天你仍未能釐清它們消失的意義，一直以為這是愛人留下的殘忍，是恥辱，是你未來再也不配拾獲真心的烙印與罪證。你真的太過習慣迅速撇清那些發痛的情感關係了，並且熱愛從愛中逃離。你不知道要如何對待它們，是否讓它們重返身上，勇敢去愛；還是任由它們被塵土埋葬，成為愛的骸骨。

但請你相信我，都不是的，這些在生命中遺落的東西原來都是溫柔的另一種輪廓。只有勇敢地正視它們，我們才懂得如何面對愛。

我在重新愛人的路上，比你們先拾起了它們：拾起勇氣，拾起決心，拾起最完整的自己。雖然再遇了各種傷痕，卻也收獲了更多美好的蛻變，讓曾經不堪入目的殘骸重回生命中溫熱的脈絡。

於是我把這些對愛情的溫柔詮釋與解說都一一寫下，由愛人之前的忐忑、愛情中途的磨練，到最後迫不得已的分開，我希望用文字與經歷為你解答，應用怎樣的目光面對愛情時的矛盾、不安、爭吵以及痛楚。這本書是我們在人間要如何去愛的導讀，也是身邊早就被溫柔包圍的證據——

「喜歡是希望得到迴響，愛卻是永遠念念不忘。」〈喜歡與愛〉

「來者不拒的溫柔和無法克制的好感其實都一樣，只是在為愛卸責。」〈曖昧三味〉

「年輕時我們毫不知覺，但後來便知道，痊癒後的我們，只是在尋找一個傷害得比較溫柔的對象。」〈不完美的你〉

想獻給在愛情中缺乏勇氣，痛苦不堪或者感到迷惘的你。

當你感到人間荒謬，請你跟我一起，讓我們勇敢地回頭，拾起散落在人生中各處的溫柔。

假如時間不只一種進行方式，是逆流的，那麼當初在生命中的遺失，即是我們現在的拾獲。到那時才能明白——

分離是起點，
流浪是歸途，
相遇即是重逢，
我們的相愛就是注定。
有人正在未來愛著你。

Contents

輯一 愛人以前

輯二 與愛對峙

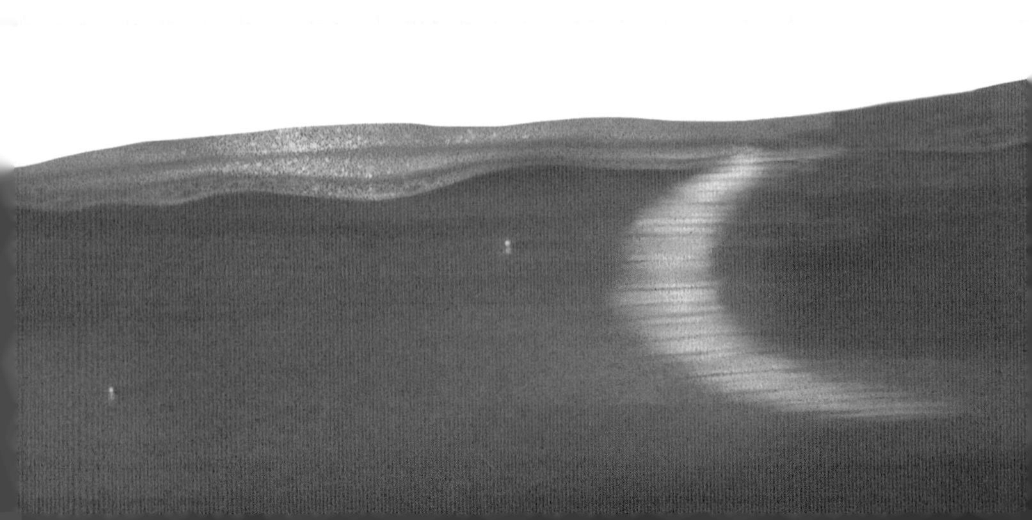

輯三 劫後重生

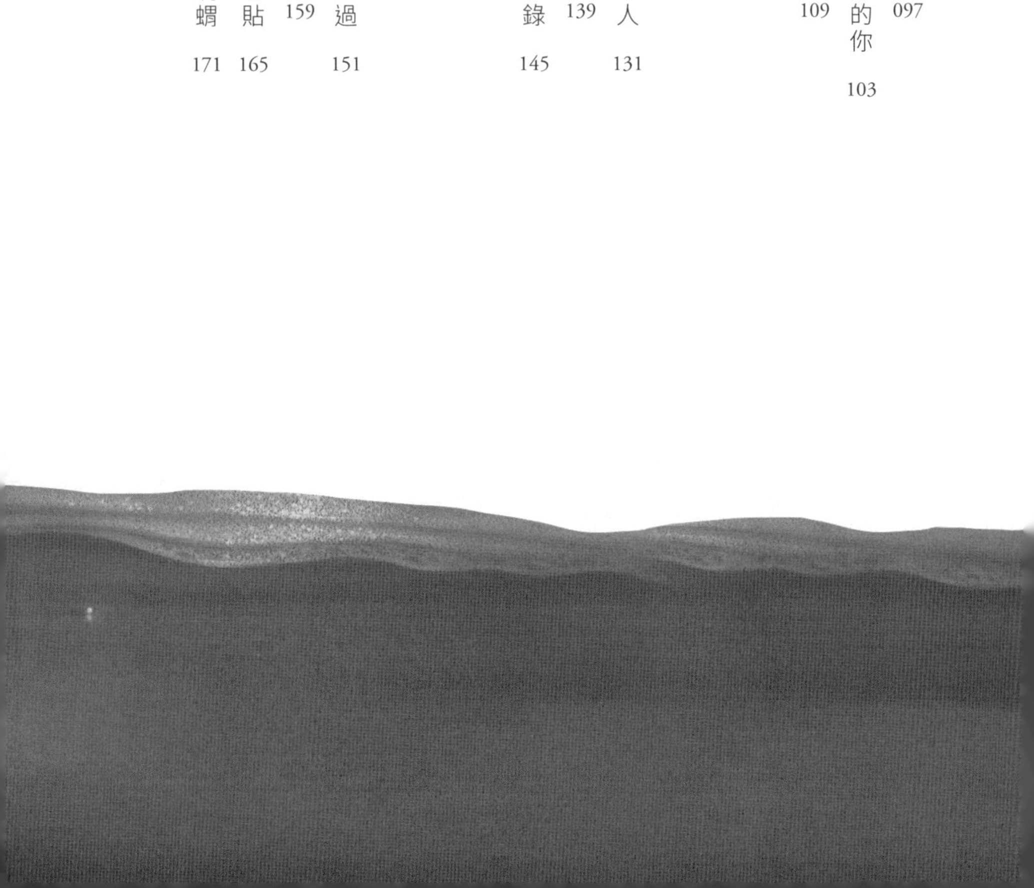

輯四 溫柔物語

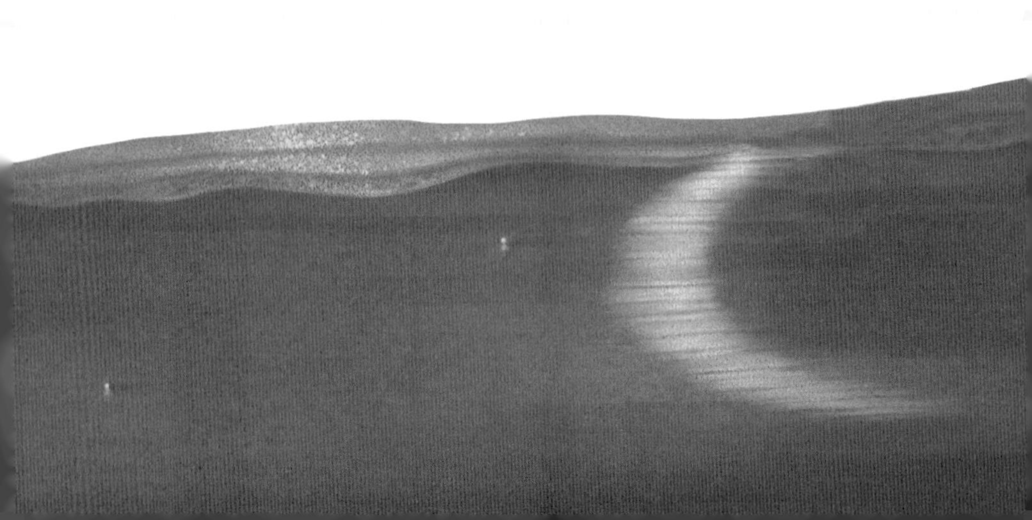

愛人以前

親愛的，
今生你只來人間一趟，
要懂得分辨什麼是愛，
什麼是傷害，什麼是喜歡，
什麼是錯覺。
請你緊記——

喜歡是希望得到迴響，
愛卻是永遠念念不忘。

心動

人不能對事事麻木，
否則驟然心動，
都會以為自己找到真愛。

你問我，心動和喜歡的分別到底是什麼，真巧，我也曾經花過大量的時間思考這個問題。

因我顯然是個容易心動的人，天生過分敏感，又總是容易共情，這種性格使我能輕易察覺對方身上的善意、溫柔、堅強，這些我缺乏又渴望的東西。這些閃閃發光的部分像流星一樣，在忽明忽暗的青春裡不斷擊中內心，我左顧右盼——無人發現有星光閃過，唯獨我知道自己又被擄獲了一遍。

即使到了長大以後，包括我，仍會有不少人混淆這兩者的差距。尤其當你已經好久都沒有愛過，那麼世上所有的心動和莫名其妙的好感都像是觸電一剎的刺激，能麻痺你渾身的知覺，重啟你對那個人的印象。自此你對他多了一份關心，多了一點注意，多了一絲親昵。

可是這不一定就代表喜歡。

後來花費許多年月才能明白到，心動是一種那麼自然的反應。尤其是五感敏銳又細膩的人，會不期然地在冗長的生活中張開一張綿密的網，有人經過、闖入都會不自覺抬頭張望。於是於生活中掉落的事物，大大小小也好，全都可以觸動你的心房，映入眼簾的人與事都會不經意撩動心神。原以為一瞥而過的人，竟已留下深深印象。這就是做為人最自然的反應吧，哪怕是一顆瀕死的心臟，都會在停止跳動前發出幾下顫抖。

當一個人久久未被觸動過心靈，寂寞久了、忍耐夠了，便會容易被一草一木撩撥。本來以為心已死了，一直無人能走進你的心，並沒有人能引起你的注意，所以突然有人在你的世界稍露光芒，你便會給被他帶來的好感所淹沒。也許人天生就有股向陽而生的渴望，會不自覺地靠近為我們帶來光明的人。

但這是頻率和眼界的問題，一個住在多雨城市的我，不會輕易被煙雨濛濛的景色所觸動；一個慷慨富裕的他，亦不會動輒對別人的饋贈念念不忘；一個曾被深愛過的你，也不會輕易就墜進別人施捨的溫暖裡。

人不能對事事麻木，否則驟然心動，都會以為自己找到真愛。

那些天生冷漠的人也是，他們習慣斂藏自己的情感，於是僅僅給對方展露些許溫柔，便以為自己已為你付出了所有，讓你也誤以為自己受到他特別優待。所以親愛的，你得多看一點，多接觸不同的人，多感受不同的情感。那麼就算有一天那突如其來的觸電發生了，你也不會手足無措，你會安然面對，然後不露痕跡地一笑置之，將這些緣分都交給時間作答。

你知道嗎？

心動只是一剎那，喜歡卻是一輩子的事。

值得喜歡的人從來不會介意為你等待，來日方長，別因為一刻的衝動而投入以他為名的大海，畢竟你永遠不會知道，奮身一躍以後，面前這片海洋到底會送你一個溫柔的輕波，又或者給你的，是無數個洶湧翻騰的漩渦。

曖昧三味

來者不拒的溫柔和
無法克制的好感其實都一樣，
只是在為愛卸責。

1—苦澀

我知道你很害怕。

這是一場沒有束縛的自由交流，是一種曖昧不清的關係。你對自己說：沒事的，你和他，誰都沒有掉進對方設的陷阱裡，要是哪天覺得不合適了，任何一方都可隨意離去。但每次把心境說得過於輕鬆，內心反而愈發沉重，你打從心底知道，自己的身心已被這種關係壓得無法動彈，於是只能再表現得豁達一點。

你恍恍惚惚地看向他離去的背影，試圖從那輕快的腳步中也分走一點灑脫。畢竟一個人只要裝作毫不在意，好像就能減低被世界傷害的機會。

只是當你的豁達終於換來他同樣的豁達，你才發現，「自己無論如何都不足以讓對方受傷」的這個事實，在所有傷害出現之前，就先狠狠地把自己刺傷」一遍。

這種關係讓人害怕，有部分是因為曖昧中的苦澀只能獨自吞下 不同於快樂可以共享，曖昧時無論有多怯懦都不能被世界知曉，更不可以讓對方察覺 彷彿先露餡的那一位，暴露的並非值得呵護的真心，而是弱點。

後來你會發現，曖昧是一條無可追溯的線，你跟他來回地拉扯，這種拉鋸會將你切成無數個側面。這一面的你，沉迷於他每次向你拋來的好感，每次你都能接著對方的暗示，像魚兒上鉤一樣，你心甘情願地順著他收回的釣絲，被拉回身邊。

但在另一面，你總是提醒自己要按捺心意，因此在距離拉近以後，自己又會下意識地止步，害怕一旦向他全數委身，那些囤積已久的神秘感就有耗盡的可能。他或許也是這樣想的，於是時而給你真誠的熱情、時而留下模稜兩可的冷漠。兩個人就這樣提防著對方，終究無法靠近彼此的真實。

這樣迂迴的曖昧，總是讓人在情感的淺灘上一次又一次的擱淺。那艘載著你的船，始終未能揚帆駛往有他的大海。

曖昧不是沒有讓你們快樂過，只是這些快樂當中，並沒有伴隨一個能夠專屬於你的承諾。

「如果不能承諾只有我一個，那倒不如不要。」你苦笑地說。

是的。來者不拒的溫柔和無法克制的好感其實都一樣，只是在為愛卸責。

假如曖昧中他給你的喜歡，是每個人都能分到一點的那種熱愛，無論這份感情令人多快樂也好，終究無法發育成愛。

青春都落幕以後你會發現，真正的喜歡，其實不是和那個人一起奔往快樂，而是兩個人願意相互奔赴，你是他的哀愁，是他的喜悅，而他同樣也是你喜怒哀樂的理由。快樂只是一種片刻的情緒，世上有許多人都能令你快樂，但唯有這種專一地雙向奔赴的過程，才是屬於愛情的幸福。

「曖昧好苦啊。」

對啊，但這也許是愛情的第一道門檻，或許只有跨過這些苦澀，我們才能得到幸福的資格。

2——回甘

我清楚這種味道，因為我也曾經走過類似的青春。

仍然記得，曖昧中的我和他彷彿活在各自的泡沫裡，眼睜睜地看著彼此在這世間中飄落。我們隔著一層一吹即碰的氣泡，既沒有勇氣衝破保護膜去擁抱對方，亦沒有勇氣遠離彼此，最後只能在這種深情的對視中明白這個事實：現在的你不可能擁有我，懦弱的我也不配占有你。

一切都是缺乏勇氣的錯，使兩個人漸行漸近的距離變成一種折磨。

還是沒有遺忘那些相遇時的情節，像是生出上帝視角，到了今日，我終於能夠將當時不敢正視的眼神都一一看在眼中：記得輕輕碰到對方手背的那天，是深秋，牆上有葉子火豔的婆娑，牆角下有刷得灰白交錯的油漆，與不知時光深淺的你我。這份曖昧成為厚厚記憶中的一枚書籤，以致這些年過去了，鉛華洗盡了我們稚嫩的臉，彼此早已丟了相戀的理由，但一翻起時光的書頁，還是一下子便能找到這份真心。

後來我們分享過的曖昧都太零碎，像是數學課中你傳過來的小抄；圖書館中用單邊耳機共享過梁靜茹的〈情歌〉，你用的是右邊，而我是左邊；一起在天橋上依偎著彼此，遠方是渲染著一切的夕陽，我們就靜靜地看著餘暉，與天空一同用各自的紅暈，粉刷整個城市正在剝落的斑駁。

真的不喜歡你了。但還是會緬懷那個輕輕給過我曖昧的你，還有彼時願意接受這一份溫柔的自己。

那時還未開始我們的戰場，我們不曾真正相愛，所以還未真正傷害——多麼年輕的我們啊，以未來作掩護，又恣意地揮霍現在，於是最後成功地將彼此，都永遠留在了過去。

3—甜蜜

人在一生中會遇見很多人，糾纏過亦試探過，但當中只有少數的瓜葛能開花結果，更多的是從此分道揚鑣。現實裡幸福的機率太少了，絕大部分的曖昧都只會無疾而終，卻還是有人會願意去冒險，享受這種狀態。當你問他們原因的時候，有人會回答：「後來想起，就算那些時光在我身上照出太多缺憾，都像是等待成長的柔軟缺口，那時的我，彷彿是一個最好的自己。」

那些人當中，包括了我。

曾經那麼期待能走近對方多一點點，想了解對方多一點點，同時亦想要自己內心的想法能被人認真掃瞄一遍，能被人思念，單是這些期盼，幾乎就支撐起那段日子生活的大部分動力。

為了一個不是戀人、但比朋友更特別的「存在」，我會開始打扮，開始對明天充滿憧憬。和以往無異的生活自某天起被鍍上一層柔和的光澤，從此世界萬物都是可愛的，什麼缺憾都是無所謂的。走在回家的路上我開始察覺到自己愛上許多不曾留意的事物——我愛混著泥濘的青草，愛蟬聲蓋掉心跳聲的初夏，愛放學後無人的街道，愛暗淡的燈柱，更愛微光中向我靠近的你。

慶幸曾經曖昧過，即使這種關係何其短暫，仍能讓我在期限中與你分享過隱藏在這世上的甜蜜。

後來的我，並不否定這份感情是帶點盲目性質的。畢竟曖昧就像一個濾鏡，它的存在自動模糊了許多曾經令人嫌棄的輪廓與細節，那些生活上大大小小的瑣事都消失了，整個喧鬧不息的城市驟然靜止，只剩下彼此笨拙又純粹的舉動，但其實世事從來沒變，變了的只是我們看待它們的視線。我們看著對方的眼神，是近乎盲目的溫柔。

有很多人看不起這份盲目的轉變，尤其是年輕時遇上的曖昧，容易被人貶得一文不值。他們勸說更年輕的人不要輕易墜入這種陷阱，用自己經歷過的失敗，要別人向愛情繞道而行。年少的愛情尚未開始，就先被判了死刑。

從以前我就在想：這個世界為什麼只容許大人試探感情，卻不容許年少的我們笨拙地確認真心？沒這個道理。

到了今天我仍然相信，人是需要曖昧存在的。很少人能夠在面對愛情時不帶猶豫、一拍即合。而就算這種少數真的出現在我們身上，一個人到底能不能維持對另一個人的好感都需要用時間來驗證，當中除了對方交給我的真心，還包括我對別人的情感，我們用這段時間來確認心中的情感並非一時興起的悸動。這些共同相處的日子，同時給予我們機會聆聽自己的想法，親眼目睹自己的改變。

因為喜歡一個人，我能了解到自己更多面貌，在失落與狂喜的往復之間熟習各種情緒——這種改變其實並不好過，就像身體在短時間內被迫急劇成長一樣，令人煎熬，甚至會使人在過程中受傷。

是的，從開始到結束，曖昧都有這麼多機會讓我們受傷，尤其是那些無法繼續發展的緣分。那時無論以哪種方式分開，禮貌或粗暴，敷衍或鄭重，都必然會落下大大小小的傷痕。有些痛楚只會引你搔癢，比如那些不濃不淡的告別，帶來的痛楚就像身上某處突然刺痛，你意識到是被蚊子叮了一口卻找不到準確的位置，只能茫然地等待皮膚紅腫成包的瞬間。搔到癢處以後，時間一到，就會自動好起來。後來無論再被叮過多少遍都不太在意了，你會明白這種程度的小傷只能牽扯皮肉，不涉及任何人的真心，其實不值得用淚水來撫平。

有些痛，則是會深得刻骨銘心的。就當是給自己一場教訓吧，在愛情真正開始以前得以看清對方的真貌，於是寧願狠心結束。你選擇用一種死亡去埋葬更大片錯誤的誕生。這樣你和他，起碼不會把寂寞促成的陪伴，誤當成兩個互相奔赴的靈魂。

只有曖昧過，我們才能明白某些接觸其實不涉及真心。而有些親近，雖然無法順著好感的脈絡找到戀愛的出口，但還是能讓我們學會分辨當中交織過的情感。這些經歷容許我們在另一段邂逅中提示自己、安慰自己，甚至保護自己。

小時候太傻，曾誤以為曖昧的昧字是味覺的「味」；長大後卻發現，曖昧真的是有不同滋味的。苦澀、回甘、甜蜜——必須經歷過許多，才能明白所有相遇都是為了教會我們如何覓得一個合適的人，能夠教導我找到餘生的幸福。

在那之前，那些沒有結果的曖昧就像我們共享過的那道甜品——即使不能果腹，只夠滿足剎那，但仍值得被擱在回憶的餐桌，為你我作最後的餞行。

喜歡與愛

喜歡
是希望得到回響，
愛
卻是永遠念念不忘。

到達倫敦的那個夜晚，零度左右的寒風提醒了我這城市依舊淬冷、蕭瑟、煙雨濛濛，勾起回憶中這個城市大部分的輪廓。唯一無法重疊的是，今次身邊沒有男友的陪伴。在前往飯店的車程中打開Line，已經不驚訝沒有他的訊息，大概因為明天要工作關係，他早已睡下。

點進社交平台的收件箱，裡面躺著一條未讀的私訊，來自一位剛剛戀愛的女生問我對愛情的看法。她十分投入這段剛萌生的愛情，但又害怕愛意來得忺去得快，她問：到底要怎樣才可維繫一段感情而又不會冷卻？

我倚靠著沾上暖氣但仍帶點冰涼的車窗，靜靜地敲著手機螢幕回應。

——可能會讓你失望，可是我認為，不會有未曾冷卻的感情，只會有冷卻後仍然維持溫暖的愛情。

兩個人從相遇到交往，最初總想對彼此百般討好，彷彿要把自己最完美的一面展露出來。但戀愛這回事和世上大部分關係都一樣，最迷人和單純的就是開頭。開頭感覺很單一，就是濃濃的熾熱與心動，此時的愛情像燒得猛烈的篝火，彼此之間無論有什麼雜質或缺憾都會被燒燬，不會被看見。

但日子久了，當你要和一個你愛的人長時間相處，「感情」有時就會被迫擺放在一角。學業繁忙了，工作多了，婚後有小孩要照顧了……當你不能在生活中無時無刻擁抱著愛情，這份熱情就自然會被生活中的忙碌所吹滅，被兩人的情緒或誤解澆熄，或者純粹沒有燃料，燒不下去了，篝火頓間墜入一片平靜又微冷的大海。那些令你討厭的情緒、厭惡的模樣一旦無法被分解，就紛紛浮出水面。你要麼學會將這些污垢都視而不見，要麼和愛人一起抱緊彼此，合力彎腰打撈海裡面，撈起生活裡那些令人依然感動的細節，才能在這片海洋中找到重回陸地的線索，讓這份感情繼續保持溫熱。

到那時候才能夠發現——愛一個人，是儘管愛情持續失溫，但我依然選擇緊抱著你，用餘生的相伴去焐熱彼此的身與心。

她很快便回覆我：「可能這樣說很傻，但現在的我幾乎無法想像他會有什麼不好的樣子，於是也不能理解人為什麼會接受慢慢冷卻的感情。」

——很正常的，當你喜歡一個人的時候會覺得他什麼都好，一個眼神都能填滿你的內心，但喜歡久了就明白了，我要是真的愛一個人，就不能只有「喜歡」。

「怎樣不能只有喜歡？」

——只有喜歡，萬一他變成一個我稍不喜歡的樣子，我的好感便會銳減了。

但要是你真心想愛一個人，請先學會不喜歡他。學會嫌惡他之後，還是願意把對方放在心上，深信自己會選擇他、會習慣想念他。像我現在因為工作關係，雖然常常不能與他約會見面，還是會忍不住想看看他在做什麼。工作時也罷，空閒時閉上眼會發現，腦海中都是他可惡的樣子，甚至會想起他以前犯過的小錯，想要向他投訴，挑剔，然後撒嬌。

「可是這樣還有激情嗎？還有喜歡的成分在嗎？」

——我時常在想，喜歡是什麼呢？

喜歡與愛不同。我總覺得喜歡一個人不難，只要看見一個人的好，人生中能有千百種喜歡，可是喜歡到了盡頭卻不一定是愛。你能很喜歡一個偶像，可是未必能撫心自問地說：你愛他。

因為愛是經歷過不堪、怨恨、猜疑和悲傷冶煉而成的精華。初時喜歡過，後來痛過、恨過、爭取過，還能留下來才叫愛。這種愛不同於喜歡，是刻骨銘心的，是帶著恨意、理解、慶幸和覺悟的感情。

愛一個人最難的部分，是要學會討厭你的愛人、原諒你的愛人，然後再重新喜歡上你的愛人。

不會有人二十四小時都向你展示他最好的一面，是人就會帶有缺憾。真的，不用幻想自己的愛有多完美，或者可以治療對方所有的不完美。那些生活裡的疙瘩、外面來的誘惑，甚至兩個人的懶惰都是愛情必須經歷的顛簸。你要學習怎樣陪伴對方走過這些迂迴的難關。在厭惡和喜歡的往復之間，你終究會成為見證他最邋遢、最不堪模樣的身邊人，回過神來亦會發現，自己也是世界上最了解和體諒他的知心人。

早已知道對方何其脆弱，後來再也不會被他拋來的悲傷擊倒。愛不一定可以克服一切，因此只有親眼見證過那麼多不完美以後，還願意認定對方，才能坦然承認：我愛的是你，不是愛你所帶來的美麗。

直至到達飯店，我再也沒有收到她的回覆。

安置好一切後，我躺在床上跟男友報平安，順便跟他說說工作上發生的趣事，但來不及等他的回應便快要被睡意擊潰。昏昏欲睡之間，突然想到一句話，掙扎著在睡著之前記下，結果還是決定一併發送給她。

——最後想告訴你的是，

喜歡是希望得到迴響，愛卻是永遠念念不忘。

致初戀的你

最後我未必能夠擁有你，
但我擁有了，
我全部的自己。

最近在讀蔣勳老師的書，途中讀到一句話覺得說得太對了，大意是：在初戀的過程裡面，我們第一個愛上的就是自己。

我們愛上的，其實不是那個心心念念的人，而是那個初次接觸美好，然後逐漸蛻變成完整的自己。

第一次喜歡一個人，大多是從暗戀開始的——還記得那些冗長的日子裡，有一天我們毫無預兆地遇上了某個人，從那一眼起，時光就此凝住，有許多感情憑空浮現在心中，塞滿了整個胸口。我們變得忐忑不安、若得若失，不確定心中的起伏算不算是喜歡，更不知道這種喜歡是不是可以表達、能不能被對方接受。

曾經如此單純的我們，竟然也會變得多愁善感，變得喜歡寫下這麼多鬱鬱蔥蔥的文字，一篇篇密密麻麻的日記，一封又一封寄不出去的信，或者無數首只有自己看懂的詩。這些一字一句，都是生命逐漸變得複雜的步伐，同時是一種讓自己在愛情中昇華的過程。

你看見了嗎？我變漂亮了，變大方了，變得成熟，變得細膩無私，亦變得無比堅強。

但你其實看不見吧，因為你從來沒有正眼看過我。

喜歡一個人真的不一定要讓對方知道，但那些為你付出、為你被滿腔的溫柔填滿，為你變得更好更美麗的過程，其實我比誰都清楚。我學會了在蹣跚後接住自己的失落，憐憫自己的悲傷，包紮無人看見的傷口，那些付出過的愛其實都不曾白費，因為那是教我去愛的溫柔與衝動。我愛上的，是那個讓我甘願變得更好的你，同時亦是我自己。

謝謝有那些人曾經出現在生命裡，讓我遇見，被我喜歡，雖然也會露出太多脆弱的部分，但總是能從愛人的過程中發現自我，從而更靠近理想中的自己——

致那個無法在一起的人啊。

最後我未必能夠擁有你，但我擁有了我全部的自己。

喜歡你的理由

喜歡你是因為，

你讓我懂得要怎樣喜歡自己。

1

「是什麼讓你確定喜歡上他？」

和朋友聊天，才發現很多人都有這樣的疑惑，有很多人甚至在開始交往以後都不能確定內心的這份喜歡是不是假象。連我也曾經問過自己，在兩人還未經歷過什麼之前，到底要怎樣才能確認眼前這個人是適合自己、是值得喜歡的？是憑那些突如其來的心動，或者是什麼命中注定的瞬間嗎？還是在微不足道的細節裡，親眼看到過對方的熱誠？

以上理由都沒有錯，但對我而言，可能最後還是逃不過這點：

「因為遇見了他，使我變成更好的存在。」

這種「更好」，不一定是什麼輝煌的成就，即使是微乎其微的轉變，其實都足以讓我肯定這就是愛情最溫柔的反饋。

和一個真正適合你的人相遇後，你會發現自己變得更加細心、有耐性，擁有察覺身邊微小幸福的敏銳力。和他相處之間，你從過去單一又狹窄的世界中被解放，又慢慢會發現，曾經對生活嚎啕過的你，竟然開始感激生命裡出現的一切。那些以為萬劫不復的過去在他面前也會逐漸縮小成一個模糊的笑話，被你愈發頻密地遺忘。

從某一個瞬間開始，你清楚地感覺到，別人給你的焦慮會一點一滴地在他的鼓勵與肯定中溶解。你懂得欣賞自己的美了，也願意突破自己，作出更多嘗試。

面對你受過的傷，他憐愛但不憐憫，而他會一次又一次用行動告訴你，你本來就是一個值得被愛包圍的人。

曾經感到匱乏的話，和那個人一起以後，會感到生命逐漸豐富起來；

曾經有傷的話，你發現自己漸漸好起來了，即使他從沒刻意為你包紮療傷。

以上種種哪怕只做到一樣，那都是愛情送給我們一個更好的自己。

2

他給予我的美好，並不是只有跟他在一起時才生效的。

在我們被迫因工作或學業分開之時，我還是會為了千里之外的他而各自努力。因為這種美好不是單向的給予，而是對方的愛溫暖地流進我的生活、我的內心、我的思維裡，使我有獨自支撐自己的自信及勇氣。

比起兩個人在一起時共同享有幸福，真正愛你的人，會更在乎你獨自一人時能不能感到幸福。

當然也不會否認，有時喜歡一個人可以因為一些顯然易見的理由：外貌、年齡、學歷、知識與工作，甚至是一見鍾情的魔力，我都不會否定它們的魅力。畢竟我也曾在青春中拚命追求過這些光芒，希望自己擁有吸引別人的條件以及緣分。但類似的外表和能力，在人海中或許都能找到相似的人去代替。

唯獨讓你變得更好、讓你進步的希望，並不是每段關係都能賦予的。

有人可能會覺得面對愛情，先想到自己是一種自私的行為。然而我始終認為，喜歡一個人的熱情縱然浪漫，卻可以非常短暫。感動只是一瞬間，愛卻是延續一生的事情。華麗的一幕結束以後，單靠浪漫去支撐是不夠的，因此愛一個人從來都不是盲目去把自己的所有全數奉獻給對方，讓自己單薄得一無所有，相反是從愛人的過程裡，讓這份愛回饋到自己身上，給出去的愛，終將會溫熱地重返我們的懷內，只有這樣，這些愛才可以充沛得陪伴我們走過餘生。

如果有一個人能讓你珍惜每個現在，讓你看清自己的美好，那麼就勇敢地喜歡他吧。不要被過去所絆倒，也別去臆想太多未來，或者擔心自己會不會再度失去，請接受當下自己，接受現在握在手中的美好，別辜負別人，也別委屈自己。我們心心念念的未來，不就是由每個現在積累而成的嗎？

你終會發現，真正愛上一個人的時候內心會變得柔軟，生活的步伐也會逐漸輕盈，這份輕鬆不會使我們變得懦弱或者容易受傷，而是從心底生出一種堅定而充盈的安心感。別人總說愛對了人會使人年輕，其實不是因為愛情從不使人煩惱、疲憊，親愛的，事實是愛任何人都終會感到疲倦的——但愛一個值得愛的人，會讓你相信正在經歷的這些勞碌，甚至生命中迎面而來的失去都正在邁向終點。眼前這個人，他永遠使我們站在幸福的起點。因此被愛著的人擁有大把時光，從不害怕老去。

我永遠期待與你一同成長，一起成為更好的自己。

3

「喜歡你，有部分是因爲你讓我懂得要怎樣喜歡自己。」

你總是默默收下我全數傾注的愛，然後在我不經意之際，把關心與溫柔回贈予我。

是你教我要為自己多愛一點、多休息一點，甚至有時候多自私一點。累透時要把工作停下來，寂寞時別要害怕找人陪伴，為人付出的時候，要考慮自己的處境與能力。因為你說，這樣要是有一天我們迫不得已地分開，當你的手來不及給我溫暖，我還懂得照顧自己。

你給我的愛，不是那種叫我孤注一擲的，也不會叫我全力奔赴你的方向，而是教我留下更多的餘力，去注意腳下的步伐，不用偽裝也不要逞強。因為愛情不是占領對方的所有，而是兩個人在互相影響以後，明白自己更多的缺陷與優點，各自為對方填補那些不足，再進化成更好的存在。

喜歡一個人的時候，總是誤以為要不顧所有地去付出一切——但原來喜歡上對的人，他會教你在付出之前，請先要溫柔地善待自己。

不是妄自菲薄，但從來都不覺得自己是多好的人。
但是因為愛你，所以更愛後來的自己。

你是我的幸運

是運氣，
讓我在不怎樣美好的時代裡，
找到讓時光變得美好的你。

1

記憶中第二次要和你短暫分開那天，是倫敦雨季中異常晴朗的夏天。我們最後一次來到國王十字車站的Pret A Manger，吃過早餐後便往地下鐵的入口走去，陽光慷慨地朝你的左肩大片大片地灑落，像被時光碾碎的金子，而我站在影子黯淡的那邊，看著忽明忽暗的分界線在我們腳下渲染，彷彿未來也是。我伸出手拭去沾在你指尖上的麵包屑，然後你用那好看的修長手指，對我揮一揮，就完成了我們一直逃避的道別。

並沒有過多的傷感與做作，我們都試圖讓這些別離來得更自然一點，因為只要不承認它有多厲害，它就無法傷害我們彼此。

我笑著對你說，我們又回到相隔八小時的時差區了，你可以重新擁有自由的夜晚了。你只是點點頭笑說是啊。我轉過身，帶著你給我的吉他和行李箱，獨自一人坐上了前往機場的地下鐵。

你一直對我說很喜歡皮卡迪利比線的便利，可此刻我卻無比討厭這一切，包括它的迅速、顛簸，以及它莫名其妙的霉味。身下那暗藍色的布絨座位彷彿蘊藏了倫敦地底百年來的溼氣，那股黏溼感幽幽地向我湧來，令我坐立不安。這些和你在一起時都從不察覺，但此刻獨自一人，就彷彿被隧道裡無盡的黑暗逮住腳踝無法掙脫，只能等待著時間把現實變成回憶，與我一同被遣返。皮卡迪利比線的最後一段路是在地面的，列車衝出地底的那一刻，我感覺到光的熾熱，卻看不到一絲景物——那時才發現黑暗和潮溼的並不來自四周，而是我自己。

眼睛已被淚水模糊了一片，哭得嘩啦嘩啦的，只好把自己的臉龐埋在臂彎裡面，藏起自己的不堪。

幸好你看不見，在我們與別離漫長的對抗中，懦弱的我率先敗了一仗。

後來的你在某天說起這分隔兩地的漫長時光，突然跟我提到回倫敦的家那條上坡路。那時你獨自地走，一個人的影子不夠遮蓋路面的全部，才發現黃昏鍍滿了油柏路每顆微粒和碎石，腳下泛著的，原來是無人細看的閃爍微光，一點一點的引著自己走下去。你說，那些把我們隔開的日子就像這條道路吧，路上有太多的孤單，掠走過你想要的陪伴，但同時也會贈予你莫名其妙的堅強。

我知道這是你美化過後的形容，是因為走過了，所以可以忘記，可以選擇回憶以什麼姿態被喚起。

其實心裡清楚這份愛情並非一直無堅不摧，只是在最痛苦的一刻，我們都感覺不到彼此的怯懦與抖震。匱乏的部分總是可以從對方身上獲得。於是後知後覺地發現，悲傷襲來時，分隔開彼此的這些時差雖然是一種殘忍，卻也是我們愛情裡最大的幸運。

2

在香港畢業以後，我找到了空服員的工作，輾轉幾回以後又到了日本訓練。兩年多後當他從英國回到香港，我已經開始飛行。先是「遠距離」，後是空服這份職業，始終都讓我們避不開長長短短的分離。

在多次的往返中我曾反覆想過這樣一個問題：愛情中的必需品是什麼？有什麼東西，是連繫兩個人之間的關鍵嗎？

是愛嗎？那為什麼有許多人互相深愛過卻無疾而終？

是信任嗎？但世上那麼多人，都對堅信過的人與事徹底失望。

要不忘初心？可是時光荏苒，雙方都的確成長為比當初更美好也更現實的存在。初心雖好，卻早已無法貼近此刻彼此的輪廓，當中相隔著一份陌生。

彷彿無論我們做過多少準備，愛情裡都會有些不能填滿的缺口，令人在幸福進行時充滿惶恐與遺憾。

後來我在一次航班上找到了答案。

當天在乘客用餐時飛機突發遇到一陣猛烈的亂流，一瞬之間，我們聽到機長做緊急廣播要所有人員立即回座戒備。我跌坐到自己的座位上，幾秒內眼睜睜地看著未收好的餐車、餐盤、器具互相碰撞再四散落地。有好幾次，我也跟著那些死物被凌空拋起，幸好有安全帶勒住，皮膚被勒得刺痛，心裡卻慶幸還有這些輕微的痛楚牢牢抓緊生命。

過了不知多久亂流終於平息，最後雖然誤點了快一個小時，也總算是成功降落。

當天處理好一切事務，到解散時已是深夜。機長對我們作總結時說：「我們的工作準時雖然很重要，但更重要的，還是運氣。剛剛如果不是大家迅速配合，可能情況會更壞。因此今天能和你們工作，也是我的運氣。」

那時便突然想到，我們的人生、甚至愛情也是這樣吧。

兩個人在一起，只有信念不夠，只有能力和愛亦不夠，更加需要的，其實是一份運氣。

如果早一點遇見你，我會在青春中被層層無奈狠狠地包圍，來不及擁有自由，攢夠勇氣，在命運中殺出重圍，與你走向這前程萬里。

但假如再遲一點與你相遇，世事就會在我們身上刻劃出太多疤痕。投奔滄海已久，我就不會再願意花費更多歲月，去等待一個看似虛幻的你。可能還是會遇見許多更好或更壞的人，但也不會是你了，不會是溫柔地帶我走過倫敦，鼓勵我到日本，甚至目送我飛往天空的你。

因此只能是現在，只有在當時的那個瞬間——我們在茫無邊際的人海中恰到好處地抓緊了彼此，行色匆匆之間還未來得及確認愛，信念亦未到茂盛，但世界給了我們最大的運氣，使我們相遇，相處，繼而相愛。

是運氣，讓我在不怎樣美好的時代裡，找到讓時光變得美好的你。

在愛情裡，「愛」是最重要的部分，卻也往往是最遲到來的部分。大部分的人都是從好感中萌生對某個人的關懷，在相處中確認喜歡，再肯定愛的存在。於是在愛情開始時，也許不用抱著過多質疑、夢幻的憧憬，也無需那些信誓旦旦的決心。你要堅信的，是自己此刻正擁有運氣，而它足以讓你跨過人群，在暗香流轉的時光中，帶你到那個人的身旁。

當日在飛機上遭遇此生最強烈的亂流，在看不見盡頭的墜落感之中，我想要牢牢地抓緊什麼，手中抓住的除了那粗糙的安全帶，大概只有看不見的運氣。後來從沒有對任何人說過，但在那刻腦海只有一個想法——如果運氣是有限的，在它消失之前，請讓我將它押在自己真心願意相信的人之上。

請讓我再一次見到你。

3

「你覺得愛情裡最可靠的是什麼？」

「可靠的從來都不是愛情，而是此時此刻自己敢於做出的行動。」

——你知道嗎？我不相信愛情，我只是相信你。

相信當時的你為了自己的理想，不會浪費我們分開的每分每秒。因此在倫敦的地下鐵內我強忍著胸口中滾燙的悲傷，甘願獨自回到沒有你的城市；在每個黑夜中透過螢幕，撫摸你身後那些沒有溫度的陽光，用我的一句早安去換你的晚安。

你總是那麼溫柔，連悲傷也不願讓我察覺。雖然我也是。

所以我們才會愛上彼此對吧。

更年輕時的我不會相信這世上的愛情有多麼虛幻，而現在的我，會坦然承認這些付出是有風險的。思前想後，最後發現所有時間點都只會是錯誤，於是更慶幸我在仍然願意相信別人的年齡選擇了嘗試。最初與你相遇的運氣和勇氣，都將當天的嘗試，變成後來那些平凡但動人的情節，來到了今天。

今天你在我身旁，瞥見我皮夾內塞得一片混亂，傻傻地問：

「你為什麼要留這麼多發票？英國的、台灣的發票……用來記帳？」

我搖搖頭。

這是你不知道的事。

記得那是高中畢業後第一次去台灣旅行，回程時在桃園機場的餐廳用餐，剛從便利商店買完飲料回來，旁邊的清掃阿姨就問我，要是發票不要的話，能不能給她。我看了看手上的統一發票，沒多想就讓出了。跟朋友說起，才知道那都是可以用來抽獎的。

當時的我根本不需要這些虛無縹緲的好運，覺得自己總是被愛著的，所以任何事情都可以揮霍，可以隨手拋棄。但當有了珍惜的人與事，又或者經歷過失去以後，人就開始變得吝嗇，會擔心自己之前擁有的全是僥倖。

「未知苦處，不信神佛。」[1]人一旦苦過了，愛過了，便會變得無法慷慨。不能分享的事物實在太多了，我的過去與未來，我的心，還有你的存在，都因為害怕失去而想要儲藏一切。

於是後來我都把發票留下來，是想把運氣偷偷留下來。以後都不介意用一點點光明正大的殘忍拒絕別人的覬覦了，只要能夠存一絲安心與希望。大概無法慷慨並不是因為自私，就像富豪仍然斂財一樣——只是因為在多舛的命運面前，總是想蒐集世界上各種零碎的運氣，送給如此珍貴的你。

1. 出自小說《殺破狼》，Priest著。

合適的你

當人被真正愛著的時候，
是幾乎不會介意自己失去了什麼的。

升大二的那個暑假受室友影響，兩個女生一同熱中於玩手機戀愛遊戲。這種遊戲裡面通常有不同風格的角色，玩家與角色進行任務及對話後就能提高他們對主角的好感度和配合度，數值超過70％了，便會觸發戀愛。

某天我盯著那兩項指標：「好感度」和「配合度」，忽然在想，如果人與人之間交往的契合程度也能如此清晰地展示出來就好了，那麼我們不會再錯付感情，虛度時光，不用押上青春的籌碼去賭上真心，最後卻總是輸得一敗塗地。

很多時候是肯定自己對眼前的對象存有好感的，也能從對方的舉動中確認他是溫順善良的好人。可是現實裡總有那麼幾個瞬間會感到彼此的關懷並不在同一條平行線上，像是隔空搔癢，又或者是內心那個埋藏已久的坑窪，對方無論怎樣努力都無法填滿。

室友聽了我的話，笑我是玩遊戲上頭了。但很快她也感慨：在現實裡，怎樣才能肯定那個人是適合自己的呢？

我們都試過太多次這樣的疑惑了。那個人根本還未與你相遇，你在人海裡怏怏不樂地等待「那一位」的出現。或者是你能感覺到眼前的這個人正帶著「嘗試」的心態開始與你交往，令你不安。兩個還未深入了解彼此的人，當主觀的好感稍稍褪去以後，實在是太難確定對方的情感了，因此與其把重心放在這麼一個虛無縹緲的對象，去猜度、去臆想，倒不如放回自己身上。

我給她的答案很簡單，判斷那個人是否適合的方法——便是觀察和對方在一起的時候，我能不能找到一個更完整的自己。

「完整」的定義是「我希望成為的狀態或得到的力量」。先問問自己，你想從戀愛中得到什麼、成為一個怎樣的人？想成為更成熟的大人，更堅強自立的人，閱歷眼界更豐富的人，或者純粹是更快樂的人？這裡指的「完整」並不存在對錯，甚至我認為不涉及戀愛的純度，因此一些帶有現實考慮的戀愛，比方想成為經濟上更自由的人，身分地位更高的人，也包括在討論範圍。

我從來都不相信愛情是為了救贖別人，或者是為了滿足對方而存在的。愛情，其實都是為了尋找真實的自己，讓自己變成更貼近理想的存在。或許有人會覺得這種戀愛過分自私，但倘若我們的戀愛只剩下付出、遷就和成全，自己的存在被忽略，根本無法感到一絲滿足，更遑論要感到幸福。

真正的幸福，是指在這段關係裡面「自我」能夠自由自在地伸展，和對方的「自我」極其契合。我愛的人真心喜歡我不加修飾的內心，自己的行動和想法都能被他的愛意支撐。而我給出的愛，同時亦能修補對方的缺陷，填滿他所缺失的個性和內在，在他的缺點上恰到好處地發揮所長。我們在一起，能夠看到一個人看不到的景色，得到一個人想不出的啟示，計畫更遙遠的未來，擁有溫柔而龐大的力量。

有時我會想，假如每個人都有勇氣坦率一點，願意在愛情裡做自己真實內心的樣子，不帶掩飾與謊言去釋出真切的愛，對方也就能及時察覺我的全貌。倘若跟他在一起並不能帶來一個更完整的我，或許反過來，我不能滿足對方成為他理想中的自己，那麼我們其實都是各不適合的。早點和平地離開，是及時止損，同時亦是避免傷害。

這個道理也適用在任何關係上面吧。要確定身邊的朋友或戀人是否適合自己，便是看與你們在一起時，你是否能變得對自己坦率一點、自在一點、活潑一點。當他們能夠感應到你真實的內在，並願意接納和回應，鼓勵你的想法、尊重你的決定，你便會發現自己所想與他們所說所做的幾乎完全相同。

只有和那個合適的人在一起，一個人才不會害怕獨處，不懼怕寂寞，和對方交流時沒有反感的枷鎖控制，靈魂不會被短暫餵飼後仍躁動不安。當和真心喜歡的朋友和愛人待在一起時，我們什麼都不做，都好像把全世界最快樂的事情都做遍了，僅僅只是因為我們能做回真正的自己。

這個世界仍是以前的那個世界，但你對人與事的抱怨會逐漸消失，你能夠察覺身邊埋藏的美好，增加自己的信心。你找到了純粹的自我，不再是喧鬧街道上某塊玻璃反射出來的傀儡，也不再是手機螢幕裡，沉迷戀愛遊戲卻仍然空洞的軀殼，而是充沛、堅定、溫柔及感恩的自己。

怎麼說呢，我覺得真正適合你的那個人，不一定是時刻把快樂捧到你眼前的人，但是你跟他在一起，永遠能感覺到被支撐和尊重，自己投擲的情感從不會被他消耗及敷衍。你能自給自足地得到快樂的源頭，在源頭裡站著的不是別人，正正就是你自己。

到那個時候，你能夠獨自面對風浪，你不會害怕有人離開、被人貶低、被人拋棄——我總是相信，當人被真正愛著的時候，是幾乎不會介意自己失去了什麼的。

此刻被豐盈地愛過，於是懂得如何愛惜自己，同時因為我愛這個真實的自己，我才能找到合適的你。

沒有答案的答案

並不是
世間上所有擦肩而過的美好
都值得
你一眼萬年的喜歡

下班後匆匆換好衣服，和女同事走進超商，閒聊間視線穿過一道道沾著水珠的冰櫃門，找到輪廓模糊的氣泡啤酒，花了十秒在檸檬口味和橘子口味中猶疑不決，最後還是決定兩款都各拿一罐，關上門的時候有點大力，把醞釀太久的水珠全數抖落。夏天來了，所有事物都被悶出一種溼潤的焦躁來。

在付款處碰見另一位男同事，身材高挑的他對我們掀起微笑，指了指我手上的氣泡酒：「這口味我也愛喝，你們沒約吧，要不一起吃晚飯？」我笑著搖搖頭，說這是買給男友的，看見旁邊的女同事頗有興致的樣子，我便揮揮手說你們去吃吧，有人在家等我。

沒走完幾步，收到女同事傳來的訊息：你怎麼走得這麼急，他問我你男友是不是管很嚴，和你吃飯也不行。

我繃著臉：白天的時候他就試探過我好幾次了。太有目的性了，我不喜歡這種靠近。她打圓場地說：其實這也是普通交流。假如你沒有男友，有優秀的人靠近，不會答應嗎？

我只好拋下一句：

當有一種完美向你迎面而來，並不代表你一定要喜歡這種靠近。

每個人都有過一些崢嶸歲月，在裡面都遇見過優秀至極的人。無可否認，某些人的出現會驚豔時光，初見難忘，有些人的模樣是你永遠無法忘記的。學生時代的我曾有數次暗戀，後來想起，那些情感中有更多是崇拜，是發掘美好事物的一份期待和感動，而在這裡面自己是缺席的。對方並沒有用心和我交流過，甚至並不真正認識我，他是真的很完美，可惜這些完美與我毫無關係。

只要過度注視某個人的一面，便很容易失去自己判別喜好的能力。

曾經讀過一個心理實驗：要是把兩個人關在同一個房間裡，並規定兩人每天必須花上一定時間注視對方的眼睛，結果只有兩個：雙方都會心生厭惡，或者雙方都會愛上彼此，而後者的機率大於前者。但當他們從房間解放出來後，這種愛恨也會消失殆盡。

學生時代的我們，或許就是應驗了這個實驗結果吧。

當身處的世界過分狹窄，而人們只能從當中接收到那唯一的美好，理智便會幾近癱瘓地麻痺。彼時年輕、一無所有的我們，會默默追隨對方的步伐，更容易會因為他們的一面美好而墜入催生的喜歡。

你身上有光，只要靠近，好像就能驅走我的黑暗。

喜歡有時不是一種絕對的感覺，而是一種相對的假象，每個人都有機會被環境和情緒所矇騙。我喜歡你的光，可我不一定喜歡光芒下面真正的你。

進入社會以後，我遇見過更多光芒四射的人，我由衷地欣賞他們，以時而羨慕、時而崇拜的目光去注視他們。然而當談及愛情，我會選擇離遠一點去看，也會花更長的時間去看——看他們會不會被時間沖刷掉一些包裝，看他們在不同的地方是不是表裡如一，更重要的是，看我自己能否站穩在他的美好身旁，成為一個更好的自己。

有些人太過耀眼了，僅僅只是站在身邊都會讓你感到負擔。世間上有千百種美好，有些美好需要綑綁身邊的平凡，有些美好會照出對方的缺陷，有些美好是帶侵略性的孤高不群。一個人閃耀的時候可以發出萬丈光芒，但這並不代表他的光芒是善意的，更不等於他的光不會灼傷自己。

親愛的，並不是世間上所有擦肩而過的美好，都值得你一眼萬年的喜歡。

現在的我，知道自己缺失的是什麼，渴望的是什麼，不會再盲目地接下別人投擲的好感了。與其喜歡一些光芒萬丈的人，我更想找一個和我一樣熟悉夜色的人，陪我共度餘生。

面對別人的靠近，要先清楚知道自己的喜惡。人與人之間存在著一度分寸，越過了便會破壞彼此的關係，更會令自己受傷。而這種分寸感是透過了解自己而得來的，因此要永遠保持清醒，鞏固自信，守護自己。我們要知道自己適合怎樣的陪伴，能夠承受多濃烈的溫柔，避免在對方的層層控制中感到被束縛，更要擁有掌控自己情緒的能力。如果對方的喜歡讓你感覺到某部分的自己正在被消耗，那麼你絕對有權力去推開這份愛。

我始終相信這世上最美好的愛情並不是毫無保留地獻出自己，成全對方的慾望，而是在彼此了解過後，一種願意互相填補、互相珍惜的關係。成年後你和我都會遇上形形色色的人，他們或許優秀非凡，或許出類拔萃，而他們向你的示好，有時就像一張張等待你作答的考卷，你不一定要給予密密麻麻的答覆。

是的，請緊記並不是所有情感都值得擁有後續，面對它們，有時就算交上空白的試卷，保持沉默，勇敢離開，對自己而言反而就是最完美的答案。

晚秋玫瑰

人生中最大的遺憾
往往不是做了什麼，
而是沒有去做，
沒有更早去做，
和沒有堅持做下去。

情人節那天電視台播放了一個特輯，其中一個受訪故事發生在日本，一位中年婦人前年因不敵癌魔逝世，與丈夫天人永隔。今年情人節，她的丈夫在墓前放上一束白玫瑰，據說那是她最愛的花。花束上還有一張卡片，寫著：秋子，結婚五週年快樂。

一對快到花甲之年的夫妻，他們的婚姻至今卻只有五年——原來秋子的前夫早年因意外身故，多年來她勞碌奔波地養育獨子，後來與現任丈夫相遇而相知、相惜而相愛，但秋子一直與婆家同住，礙於老年人的偏見與執著，令她不敢再婚。直到婆家人逝世，兒子也成家立室了，她終於決定放下內心那份重擔，與現在的丈夫註冊，卻不曾想過會在短短三年間因病離世。

訪問中秋子丈夫的容貌比實際年齡蒼老。記者問他心中還留有什麼遺憾嗎？他沉穩地說：「我們花了半生都在等待一個開始的機會，結果真正屬於彼此的時間只有三年。但我從來不怪她，也不後悔遇見了她。

「後悔的只是明明彼此都有能力，卻不敢早點給對方一份幸福，只能目睹幸福一次又一次溜走。」

我不知道那三年濃縮的時間夠不夠一個女人去填補過去十年漫長的遺憾。但我相信，即使這段愛情看似是一種錯過，也絕對不是任何人的過錯。置身在歲月的泥潭中，他們各自一身污泥，都不敢擁抱對方，只好待到身上泥濘被時間風乾、被雨水洗刷以後，才敢以乾淨的姿態去迎接對方的愛。

大概這就是人一生中會重複墜下的陷阱吧——無論活到多少歲，我們都在等待一個最好的時機。害怕自己不夠好，在錯誤的時間裡開始，會糟蹋這份感情、會導致失敗，但其實親手糟蹋愛情的往往不是歲月，而是面對歲月時自己的這份猶豫。

來日方長可以是一種希望，但更多時候，是時間用來玩弄世人的藉口。

我們總是在準備，卻永遠不開始。而當準備時間愈長，兩個人之間的緣分便愈薄。年輕時總以為日子還有那麼長，長得足以讓我們追回遺憾，長得令我們進化成更好的人，殊不知匆匆一走，一方的路還有這麼遠，另一方的路卻布滿了意外與殘忍，踉踉蹌蹌地走過，結果轉眼便走完了人生。

不記得在哪裡看到過一段句子，意思大約是：假如人執意等待它們自以為完美的準備「結束」，那麼這件事情的「開始」將永遠不會發生。

工作如是，戀愛如是，人生如是。

並不是每一件事情、每一個人物的出現都會有供我們準備的餘裕。凡人習慣將要求設置得過於完美了，為了這個願景，往往就會想給予、付出許多。當許下的諾言愈多，便會感覺匱乏，覺得身上擁有的永不足夠——不夠給你溫柔，不夠給你富裕，亦不夠令你無憂。最後漫長的準備演變成漫長的拖延，也成了漫長的藉口。

可能是情人節的關係，節目中畫面多次定格在婦人墓前那束鮮豔欲滴的白玫瑰。我漠然地想，是不是知道自己的花期剩下最後一次，它才會開得如此馥郁？如果人像花一樣就好了，當感應到自己即將枯萎，我一定會盡全力綻放，想要把花瓣，花香，露水都留給滋潤過我的土壤。我會死在驚豔世間的一刻，埋在土壤的深愛裡，那麼至少離開之前，我給過你最好的愛情。

可惜人不是花，不能預知自己的花期和時限，更不可能存在獨攬美好的愛情。因為愛是一個過程，不是一個瞬間，愛人的過程中不應該只有最美好的點滴，還要包括大片潦倒的時光和平凡的日常。

青春一晃而過，許多人還未在青春的阡陌中收割過什麼，就被迫帶著千瘡百孔的身軀進入成年後的荒漠。現實殘忍地放大了對比，到處都讓我們無地自容。我沒有好看的外表和身材，也沒有足夠耀眼的學歷及工作，我什麼都不是，卻還是會在數不清的相遇中收獲各種緣分，還是不由自主地喜歡上比我更好的人。

那要怎麼辦，不愛嗎？

不，只要確認眼前這個人帶著真心，你和我仍要去愛，哪怕愛得不盡人意。愛得愚蠢，愛得潦倒，愛得悲壯。愛得溫柔，愛得深邃，愛得激昂。

還是要抱緊自己僅有的一切，嘗試去面對這個廣袤的世界。那些你以為不夠的內在、會被嫌棄的性格，其實對需要它的人來說，可能已經是世上尋覓已久的溫柔。從來都不求你我風光無限，只願我們都能在塵世間找到自己的真實，以及那個真心喜歡自己真正面貌的人。

後來的你會明白，值得我們放在心上的那些人與物並沒有一件是最完美的，甚至完美與否其實都沒關係，只有最適合自己、最感動自己的模樣，才最珍貴——就如初見那天彼此的笑臉、求婚當日那段過分肉麻的對白、婚禮那天身穿的婚紗，它們適合當天的天氣、當天陪伴在身邊的人，當天我們的心情與狀態。只要確認雙方的情感都是真實的，那麼一切事情只要開始了，緣分便會為它們編排最適合的結局。這過程未必是最好的，但它會橫跨過去種種的準備，盡力讓你靠近你想要的未來。

世事充滿大大小小的瑕疵，同時因為未臻完美，我們才會笨拙但真誠地，努力回應這份獨一無二的愛。人無法刻劃所有圓滿的細節，哪怕擁有得再多，都總有一絲意外能夠逃離我們的掌心，假如開始以後注定要走向失敗，那麼修補遺憾也是一種安排和意義。單純恐懼尚未發生的失敗是毫無意義的，這份恐懼本身的破壞力大過了實際遭遇的失敗。

而人生漫漫，當中最大的遺憾往往不是做了，是沒有去做、沒有更早去做，和沒有堅持做下去。

人活在當下，就不要被回憶所縛，也不要只為未來服務。否則像顧城的那句詩：「為了避免結束，你避免了一切的開始。[2]」

節目播完以後過了好久，我仍然記得婦人的名字叫Akiko（秋子），不知是秋天出生的女子，還是紀念秋天的女子。而最後秋子亦不能陪愛人走完彼此的四季，兩個人只走到遲暮之年，便被迫分離。但我想，她的愛情就如那束白玫瑰，愛意盛開在他們人生的晚秋，雖不合時宜，卻始終浪漫、依然瑰麗。

記憶中還有一個畫面，秋子的丈夫半跪在墓前，而那束白玫瑰靜靜在旁被風吹得搖曳，彷彿是玫瑰正在代她耳語——無悔為你盛開這場短暫的美麗，花開是一季的繁華，花落卻換來一生牽掛，但是有你對我的牽掛，就足以證明這段愛情中，我們無人曾被對方丟下。

2. 來自顧城的詩〈避免〉。

你會為愛告別許多人

被愛只是一種概率
不是生命中的必然
唯有愛自己
是你的終生任務

1

週末回家吃飯，看見放在玄關上全家的合照，那是自己十多歲時的模樣，對上她眼睛的刹那，忽然覺得有點恍惚。

時光好像被鎖在這張照片裡面，不曾溜走過半分半秒。裡面的我依然留著烏黑的長髮，還是那個帶著嬰兒肥的女生，不甚美麗，卻不介意美醜。十六歲的我，打從心底相信世界上許多零碎又龐大的美好，覺得夢想無可匹敵，同時深信親情、友誼和愛情是身上正在生長的羽翼，會給我自由與飛翔的能力。那是最無憂無慮的歲月，以為自己手握一大把青春，還未摸清它們的輪廓，就迫不及待想要揮霍。

看著眼前稚嫩的自己，不禁會想：如果要我向十幾年前的自己說一番話，又會是什麼呢？

這大概也是被問了許多遍以後，我想對所有人說的忠告。

＊

親愛的，謝謝你的信任。我希望自己的經驗能為你帶來參考，現在你或許不能百分之百地領會，但希望未來某個瞬間的你也能得益。雖然你對我素未謀面，但我比那些後來說愛你的人，更加希望你懂得分辨愛的真貌。

正值青春的你如果還未戀愛，那麼在開始之前，我想你對愛情的期盼會比我更加精采。我知道你看過太多童話和小說的情節，那的確是十分令人滿足的內容。

然而我想告訴你愛情真實的模樣。

我就直接說了吧：你會因為愛遇見很多人，同時會為愛告別許多人。

他們也許會深愛你，也許會傷害你，但更多的，其實都是生命中的路人。他們並不會在意你的感受，某種程度上他們比刻意傷害你的人更加可怕，因為你最後並沒有得到什麼，沒有愛，甚至連傷口也沒有。你從他們身上得到的情緒不能追討，你受到的冷漠也無法追溯。漸漸你會覺得擁有過的都只是虛無，而感情和時間都被大片消耗。

但遇見以上的人，是你成長的必經之路。是他們讓你明白，世間上有很多人始終無法停留在你的生命裡，然而每段相遇，都是為了教會你一些東西——有些人是為了讓你體驗心動的，有些人是為了互相陪伴、虛度時光，有些人則親身向你證明什麼是背叛，讓你近距離看清人性。他們在最後都會自動消失，只有記憶和教訓會在你生命裡留下透明的痕跡。種種相遇促使你打開這個複雜世界的大門，這便是他們出現在生命中的意義。

然後就在你進入這個世界以後，你會為愛告別許多人，包括那些愛你和不愛你的。

——你會告別那些以愛為名接近你，想控制你的人。你對情感的期待不可以被人利用，你對那些人和事的渴望，永遠都不可掩蓋你的原則和理智。很多人會給你各式各樣的溫柔，送你夢寐以求的禮物、關懷，勸說你交出身心，緊緊依賴他們。

他們會用那雙溫熱的手，在你青澀的身體上定制出一幅符合他們理想的模樣：身材姣好的女友穿著他們喜好的衣服、賢良淑德又不會反駁的妻子、孩子們體貼的母親。漸漸你會被壓扁成薄如蟬翼的一張貼紙，緊緊地貼在對方身上。到哪一天貼紙要被撕下了，無論是你自願還是對方動手的，你都將難以完整無缺地全身而退。因為一旦獻身貼上了，要不留下痕跡，不被撕走一點歲月、一點個性，是不可能的。

因此在未看清一個人的真偽以前，就算你有多想被愛，都要清楚自己付出的是什麼，反感的部分，就不要輕易妥協。面對別人的示好，誰都沒義務要接受對方的溫柔，然後貶低自己自愛的能力。

不要因為看見星光，就忘掉自己是熾熱的太陽。你本來的光就足以照亮自己。

你可以活成只有自己的孤島，即使千帆朝你駛來，帶來的潮汐不斷敲打心中乾涸的陸地，但只要是不需要或不想要的，你永遠有權力拒絕任何人上岸。

——再後來，你會告別部分的朋友和家人。

你會為了戀愛而和家人朋友產生分歧，時間變得不夠分配，給他們的陪伴始終有限。你開始擁有言不由衷的無奈和小秘密，不敢與最親密的人分擔。因為在愛情中最真實的想法和衝突，朋友不一定能夠設身處地去了解，家人更加無法共情。隨著環境、年齡乃至身分的變化，你們之間形成一道不可逾越的鴻溝，為了擁有愛，你彷彿被以前的世界孤立。

只是在成長的過程中你會明白，每個人都會無可避免地以自己的價值觀去衡量一件事情的好壞，他們會因為自己的利益和身分給出不一樣的評價。所以只要不涉及道德與善惡，不要太介懷自己的愛情能否得到別人的支持。終究有一些喜樂與痛苦，是永遠無法共享的。人類的悲喜不一定可以互通，至少它與人的親密沒有直接關係。

有部分的愛情無法與你原來的世界共存。因此它會叫你翻山越嶺地遠離過去的圈子，尋獲更加獨立、也更加孤獨的自己。那是人為愛作出的取捨，就像外婆年輕時為了建立家庭而離鄉背井，也像母親當年為了嫁與父親所作的反抗，世代交替，他們與我們一樣，都必須為自己的人生作出取捨。

愛情如繩結，當一根繩子與另外一根相互綁緊，從此以後便無法與其他事物及關係緊密地交纏。這份愛卻因為綑綁，因而有了力量。

——最後你會告別的，是那個簡單純樸、一無所知的自己。

你再也沒法用單純的目光看待很多事情了。自從試過愛情的滋味，心裡的期盼被一下子擴大，自此需要大量的愛來填滿，不然會感到空虛。你學會愛人，也懂得如何傷害，你懂得如何令一個人心碎，就像你當初承受過的一切。後來你可能也會用愛無意地絆倒別人，儘管那並非你的初衷。

你曾經覺得這就是大人理所當然的模樣。可當你置身成為當中的一員，才發現大人們的成熟是用委屈換來的，他們的體貼也是由無數次失敗熬成，溫柔，更是身上稜角被輾壓過後帶著瘀痛的沉默。整個世界太過複雜了，是愛情沾污了你，是它逼你蛻變成這個陌生的自己。但在心裡你明白這是無可避免的成長，你就像一顆小小的種子，必須要被厚重的塵土埋葬，在淤泥中沾污過掙扎過，才能孕育出生機。

親愛的，告訴你這些，我是不是太過殘忍了呢？
但如果你不知道這些就盲目地去愛，這才是真正的殘忍。

你的未來不會一路平坦，你會走上逶迤的彎路，又會身陷大大小小坑窪。因此請把腳步放慢一點，捧在手心的感情也要看清楚一點。如果在未釐清眼前這份情感之前，就急忙全身衝向這個波瀾萬丈的大海，這樣過深的愛可能會將你淹沒，過淺的愛同時會使你擱淺。

我不會叫你不愛，只是希望你明白，愛是一旦開始便再也無法回頭的事情。有些人見過以後就不能重逢，有些背叛遇上了就不能全心全意去相信，有些愛失去了便無法重來。

但愛情不一定是你人生的目的地，它只是開始流浪的票根。手握著它，你會在路上遇見很多風景。愛就像是不停累積的沙丘，是不斷融化的冰川，又是永遠流逝的大海，不曾有停止變化、返回最初的一剎那。這條路上實在有太多美好的人與事，但同時亦有太多陷阱了，所以請慎重考慮要不要踏上旅途。

被愛只是一種概率，不是生命中的必然，唯有愛自己，是你的終生任務。

最後在你昂首邁步以前，希望你永遠記得你本來的模樣。因為你再也無法用十六歲的心境去看二十六歲的風景了，現在不懂愛的你，未被傷害，所以不懼怕傷害，也不曾傷害任何人。你不一定是最好的你，但是一定是最完好無缺的自己。請你記住這份勇氣，要是未來令你恐懼，流浪時請記得回來，拾回當初這個溫熱的你。

2

P.S.

看著照片裡的人，發現胸口滿是心疼，而我終於知道為什麼。

因為我熟知你的一切，卻對這些過去無能為力。我多麼想告訴你，接下來你會遇見的這個人是不是要迴避；而後來那個人，你要怎樣做才可跟他走得更遠；最後那個夜裡你為他流過的眼淚，到底值不值得；你要怎樣做可把傷痛減輕，又要何時抽身才不至於失去那麼多。

只是既然我現在站在這裡，看著十六歲的你，便知道你終究是要去獨自承受這一切的。我只能在回憶中目送你，感受你，而無法阻止你。他們說人一了錯，滿盤皆落索，但我可以堅定地告訴你，錯的那一子還是要下的，不要害怕輸了什麼，重來一次我還是會願意做同樣的選擇。謝謝你勇敢經歷的一切，使我變成現在如此細膩溫柔的自己。

我珍惜如今這個我，如同這麼多年後，我依然無比珍惜遍體鱗傷的你，時光冉冉地以不同方式在我們身上輾過，我就是你被愛燙傷後的烙印，亦是你在青春中匍匐前行、勇敢去愛的饋贈。

與愛對峙

人生中你會遇到千萬個人，
他們也許會給你千百種的愛，
有些愛讓你狼狽地擁有，
有些愛教你如何優雅地失去。
每一種愛都有它的意義，
但同時每一種愛，
都有它無能為力的地方。
親愛的——

這份愛不容易沸騰，
並不代表它正在失溫。

同居的事

當我在橫越世界給予的寂寞時，
你可以在終點等我，
可是我更想路上有你。

和戀人住在同一個屋子裡，小小的，兩廳一室的格局，是簡約到只能用無印風來搪塞總結的裝修風格。搬進去那天朋友略帶幽默地說：「這是你們的新居，也是即將的戰場。」

這種玩笑點燃了我腦海裡不好的想像：這可能會是我們愛情的墳墓。也許連我都自我懷疑過，當相處變成拉鋸的日常，我們之間到底還剩下幾秒，就會開始彼此嫌棄。

許多時候是由衷地愛著眼前這個人，但同時必須承認的是，我們都無法義無反顧地喜歡對方的一切細節。開始兩個人的生活後，我們就像合二為一、被合成一本雜亂無章的書，是各種情緒被綑綁銷售的合集。因此從來都不能挑選只討好自己的內容，也無法讓時光在對方最亮麗的一頁中永遠停留。

單身的朋友問我，明知道會產生更多爭執，兩個人為什麼要選擇同居呢？

我想，大概是因為想清空一個空間讓我們面對真實的自己，對彼此也對自己說：發生什麼難題都好，再也不能再任意逃避。同時是因為，希望在這個充滿風雨的世界裡能有個地方供我們躲藏，又或者文藝點說，兩個人之間頓生的風雨都只想在這間屋子裡被淋溼被風乾，待彼此都和解以後，一起微笑著走出屋外。這樣想想，當中可能包括共同的逃避，但更多的，其實是防止我們逃避彼此。

當我在橫越世界給予的寂寞時，你可以在終點等我，可是我更想路上有你——一個人可以獨自走過的路，想要攤分成兩人份的風景，一個人濃郁的悲傷，想被兩個人共同的淚水淡化，一個人獨攬的感動，想昇華成兩個人互擁的共鳴。

所以一起去看房子，一起去選沙發，一起為牆壁的顏色鬧小彆扭，一起為帳單發愁，一起為生活奮鬥。某天走在回家的路上，天空中大片雲朵推平了大樓高聳的稜角，空氣裡彌漫著炭炒栗子的烤香，買了一包帶回家後，才發現他早已回來，飯桌上也有一包微溫的栗子。

突然想給他一個擁抱，洗衣劑的香氣便從他脖頸後悠悠地傳出來，只有我能嗅見。一下子就感到滿腔的滿足——不僅是因為洗衣劑是我選的，而是因為他是我選的，這樣的生活也是我選的，平凡又帶著各種芳香。

原來愛情的美好，並不在於能雙雙完好無缺地抵達終點，而是在世界萬千種錯過裡，兩個人毫不費力的選擇，都能恰到好處地填滿了生活的空格。那時候才能明白，一個故事有時不必看到結局，單單一句實實在在的對白，都足以讓人們相信我們正在經歷最簡單的幸福。

在兩頁後等你

回憶的頁邊依然鋒利割手
但你對我的守候
會讓我們所有帶刺的悲傷
都慢慢柔軟地發酵

1

我有一本日記，裡面記載著我與他的愛情。

隨著相處的時間愈長，回憶便跟頁數一樣開始變厚，儲藏著許多相同又相異的身影：初見時青澀笨拙的少年，盛夏中慷慨地微笑的戀人，到後來是加班後疲憊得不發一言的上班族，憤怒時雙眼泛紅的陌生人。

一片一片的面貌，像一張又一張寫滿變化與表述的紙，終究釘裝成一個最新的、最完整的他。

愛情彷彿是一疊疊不斷增加的紙張，譜寫出迂迴的情節，我們卻無從校對，只能一直往後翻頁。更多的時候為了避免在下頁抵達結局，我們只是停了下來，不再同步，在語言和文字遊戲中互相躲避，又互相廝殺。生活裡密密麻麻的吵架、厭倦、猜疑、怨恨就像陳腔濫調的劇情，頑固地在人生中埋下伏筆。

漸漸我們在朝夕相對中展露出更多內容，同時又默默發現，許多情節都已經過期需要被拋棄，必須用更多新的修飾、新的刻劃去為愛重新編寫意義。然而現實是我們都擁有太多不能放大的缺陷，明明想要親吻，卻害怕靠近，所以雙手捧著彼此殘缺的臉頰互相凝視，不知要如何熟習、又該從何處吻起。沒有落下的吻就成為各種厚重卻隱形的遺憾，唯恐終有一天會錯位墜落在心房，摧毀所有信任。

於是從交往那天起便決心在日記記下了一切，讓那些有意義的、無意義的瑣事都在回憶裡待機著。大腦實在太不可靠了，明明是當初一眼萬年的人，怎麼才過了幾年，每眨一眼，熱情就好像會流失一點點。因此在日記本記下的所有，都成為帶著餘溫的提醒，提醒我們這份愛不是冷了，只是愛的溫度會像季節更迭，會循環亦會改變。

要是你跟我一樣，曾經在有關他的情節裡感到迷茫，就別在這一章的悲傷中徘徊，一起翻頁，一起期盼希望，等待轉折。相信那些累積的陪伴、體諒、安慰、付出，終會引領我們找到幸福的彼岸。你愛的人與這個世界一樣都是立體又鮮明的，只是悲傷剛好選擇了你，讓你只看到他充滿陰影的這一頁。

所以別停下來，勇敢地翻頁吧，像盛夏會走到深秋，寒冬又迎來春至。若跟漫無目的的悲傷正面對視，就等於在漫長的歲月裡跟那個深淵中的自己一直對峙——你再也無法看見身邊還有著一個愛你的人，無數察覺他美好的側面，無法拾起不同場景中對方埋藏的溫柔，更無法用未來即將兌現的承諾，去撫平回憶中的烙印。

寂寞時會自己走到屋子的一角，在對方關切的目光中笑著搖搖頭，不想任何人靠近，今天是有點悲傷的一頁呢，對不起。

那時想跟他說，更好的我在兩頁後等你，而你要相信。

2

我又被歲月翻了一頁。

每次從夢裡一轉身，就會在光芒中醒來——睡在靠窗那邊的我，每天都會比他更早被晨光照醒。我總是靜靜地看著天花板發呆，再看著陽光慢慢從窗紗的隙縫裡流竄出來，爬到身邊那個人的肩膊上，緩緩地攀過脖子，最後終於抵達他的臉頰，沿著下顎邊緣鍍了一道柔光。和煦的陽光漸漸曬暖了被窩，又烘暖了彼此一夜微冷的軀殼。

每到這種時候我都會想，對啊，我喜歡的是今天這個他，七時二十九分這一刻，向我展露側面的他，寧靜得透亮的他，跟我共享溫暖的他。

不是三十頁前的他，也不會是五十頁後的他，是今天的他，在我眼前的他。

日記裡或許也曾有過類似的側面，可能是曾經更加迷人的，也是更加年輕、更加俊朗的，不會有鬍碴留在臉上，不會有比這更糟的頭髮，可是也絕對不會有這滿室流瀉的陽光，沒有人打擾的空間，和更加平靜實在的愛了。

謝謝年月把我們帶來日記這一頁，不會再幻想愛能像太陽一樣熾熱得覆蓋一切，相反已經接受的現實是，當你與愛人共處在四面以柴米油鹽為名的牆壁內，其實能夠相聚一刻是如此奢侈，甚至連看清對方的光源其實都需要付費。太陽不會隨時入內，愛更像是不時到訪的微光，溫和地照亮他這頁的輪廓，讓你剛好看見。彼此多好多不好，我們都學會了要如何接受。

經歷過生活上大大小小的疙瘩後我們才會明白：愛一個人不會只愛他的好，而是在他不好的時候，依然能看到他身上閃閃發亮的地方。

所以不用勉強自己追求一直浪漫的情節，也不會再指責對方愛得不夠溫柔。想流淚時，就埋進對方的懷裡，等待世界的這頁兇悍，會翻來下一頁溫馨至滿瀉的光芒。

在陽光照耀下，我在日記裡記下了他這天的模樣：「特別喜歡今天七時二十九分的你。又重新喜歡你一遍，於是又原諒了過去的你我許多遍。」

這一頁的你這麼柔和又悠長，就像以我們命名的這本日記，餘生將要訴說的故事一樣。或許今天的我始終無法拋棄某些過去，還未能在乾涸的記憶中完成遷徙。回憶的頁邊依然鋒利割手，可我還是相信，你對我的守候，會讓我們所有帶刺的悲傷，都慢慢柔軟地發皺。

世上各種愛

有些愛讓你狼狽地擁有
有些愛教你如何優雅地失去
每一種愛都有它的意義
但同時每一種愛
都有它無能為力的地方

大一的時候還未轉系，唸的是中文教育，是想要成為老師的人。後來發現自己總是感到匱乏，不能在許多人面前堂而皇之地掏出腦海中複雜的想法，再扼要地說明，哪怕對象是群天真得不懂反駁的孩子。

然而還是會去做家教，每次只對著一位學生，只教我最有信心的中文，我就有自信自己能給予的部分是充夠的，並且是優良的。漸漸家長會問我，老師你可以幫小孩子補英文和數學嗎？都是小孩子程度的功課，你應該都會吧。

當時我想了一下，然後苦笑著說，抱歉，我都會，可是我不能教。

如果要說我從青春裡學會了什麼，就是當人們說「他都會」，其實並不代表「他都能給」。

能夠分享與饋贈的，大多都是本身擅長又充裕得不介意分給別人的東西。術有專攻，世上所有的分門別類都有它的意義，人的能力也是。做人不能貪心，不要妄想自己一攬所有，或者在任何領域都無可匹敵。畢竟在這條路上花費的時間成就了我這方面的輕鬆與從容，但同時也犧牲了我走另一條路時的舒坦。

我學會只分享真心喜歡及自覺餘裕的事物，不想耽誤別人。後來去愛一個人的時候，也是這個道理——

我能給的就是這樣的愛，不能無私地滿足你的一切，真的很抱歉。但愛一個人就跟教人一樣，我能給的必須是自己認為正確而且感到游刃有餘的，不能違背自己的信仰，也無法欺騙自己內心，說服自己對任何人都能給出餘裕的愛。

後來曾有人問過我，為什麼自己想要的只是對方對未來的一句承諾，他都做不到，他明明可以說一句就好，可他就是不說。

我想起那些我不肯去教的科目，有些事情或許勉強也能做到，可是那不是我的本願，也不會是我最好的模樣。我忽然對他有點身同感受，因此只能跟她說，你想要的，大概不是他有餘裕給出、或者他願意釋出的愛。

愛情真的不是一本百科全書，不是什麼樣的難題都能得到詮譯，要是能解釋的，恐怕都只是淺白的說明。因此與其找一種萬能的愛，不如找一種能滿足你的愛，有足夠深度的愛。

我不是一個萬能的老師，這世上也沒有一種萬能的愛，於是只能教你這樣去愛：你要學會弄清楚對方能給的愛是什麼，又是不是你所追求的。

他無法給予的部分，可能此刻在你眼內看起來十分平常，甚至你能代他出掉那一份，但這就是他顯而易見的缺憾，是他始終無法給予的部分。如果這是你每日都需要卻只有自己在付出的東西，比如溫柔、細心、經濟或陪伴，你必然會覺得委屈。這份虧欠像一根根倒刺，看起來不過是細屑，但一旦觸碰便會引起連皮帶肉的劇痛，只能自己承受。

因此若遇見了無法肯定能否為你定下來的人，就不要隨便承諾跟他相伴一生；不想被婚姻子女束縛的人，就不要輕易步入禮堂。記得愛情裡容許的是遷就，而不是將就。一個人願意遷就，是為了讓這份愛情持續發育，一方在這裡放下某些主見，卻能在另一方別處的相讓中獲得回饋。然而將就，會慢性地破壞我們對愛情的期許，兩個人一旦各自無止境地後退，最後都只會遠離對方。

他給不了的東西，請你想想你能夠做出的是遷就，還是將就。

的確是會讓人失望的，但希望你在失望中能夠逐漸明白的是——

人生中你會遇到千萬個人，他們也許會給你千百種的愛，有些愛讓你狼狽地擁有，有些愛教你如何優雅地失去。每一種愛都有它的意義，但同時每一種愛，都有它無能為力的地方。

我愛的是現在的你

這份愛不容易沸騰，
並不代表它正在失溫。

下午三時，在城市裡最有人氣的咖啡店，我正聽著朋友的抱怨。她對我說，覺得他的喜歡已經變了味道，他們的感情不再濃烈也失去激情。我喝著最濃郁的咖啡，回答她這番質疑：「這是正常的啊。」

正如眼前這杯咖啡經過她三十分鐘的控訴，也早已變得苦澀無比，而我如常地嚥下。

曾經無比珍愛的東西，能夠賴以為生的才能，甚至那些視之為初衷的心願，只要經歷過時間，就一定逃不過變化，分別只是往更好或更壞的方向。手中的咖啡會變冷，窗外的樹葉會泛黃，眼內的面容也會逐漸蒼老。變化真的是一件理所當然的事情，放在他們身上亦是如此。

她說，跟他在一起快要三年了，當初滿滿的神秘感演變成雙方都瞭如指掌的瑕疵；初見時輕易勾起的心動，失去了浪漫襯托後便只剩下平淡；後來進入社會，工作的環境不同了，重疊的話題再也不夠支撐一頓晚飯——

我們變了嗎？

對啊，是變了。

曾經的我會覺得，人與事只要起了變化，就一定是在走向終結的途中。誰先變了便是違背承諾。但到了連自己也截然不同的今天，才能明白當初的「我們」其實都沒有消失，只是在歲月的更迭中，轉換成更多種形態存在。

愛情也是同樣道理吧，不會只有一種形狀。戀人熱情冷卻並不是誰對誰錯的問題，只是各自的心意轉換成不同的姿態存在，不再是單一的模樣了，而你得用心才能發現這些痕跡。

累積的金錢化成了遮擋風雨的家，再也不是情人節時那束嬌豔動人的玫瑰花；曾經可以肆意暢飲到天明的紅酒，被換成散發著冉冉熱氣的養生茶；起初不停交錯的問候，被摺疊成一件件整齊、沒有皺褶的襯衫，關心不再說出口了，而是化作沉默的行動。

發現了嗎？我們的愛仍然存在，只是以你想不到的方式鑲嵌到生活的細縫裡面。兩個人之間說過的山盟海誓，無法再用言語單薄地支撐，而是化作不那麼鮮明的陪伴，是說不出口的默契，也是毋庸言語的奉獻。是的，這種變化過後的愛真的會很沉悶又掃興，但同時亦是一種不離不棄的悠長承諾。

像我對他說過——我再也不會用十八歲的熱情去要求你給我同樣的愛了，因為現實不容許，我們的容貌、環境、心態也不可能回到從前。那時的我們身無分文，單單手握一張普通座的火車票，彷彿就能擁有全世界。陪你到遠方、到未曾抵達的彼岸見證許多浪漫，不管那是花海、斷崖、高山與大海，我們都不怕前往。

可現在這個我，已經不是一開始那個只要浪漫的女孩了。我或許依然浪漫，卻也逐漸傾向將一年一度流動的感動，變成可以觸摸、足以支撐生活的實物。是的，現在的我變得更嚴苛、無聊和囉嗦，我想你也是吧。然而同樣地，十八歲的我也未必擁有我現在的耐性和堅定、寬容與溫柔。親愛的，我們辛辛苦苦用青春換來的，其實就是更成熟、全新的彼此，不是嗎？

這些轉變就是現實嗎？對，是現實。

現實教會了我們很多東西，當中包括愛的不同模樣。愛情不會只有一個狀態，如果只有無時無刻地「深愛」才算真正的愛，那麼大概任何情侶都走不到結局便要分開。有時愛是需要休息的，它在人生中的不同階段，會轉換著不同姿態和沸點。我們不再輕易心動了，是因為我們對愛的沸點變高了，我們追求的是更深層的愛，是真正為對方著想、不再流於表面又滿足心靈的愛。

親愛的，這份愛不容易沸騰，並不代表它正在失溫。

希望每個人都能明白的是，變得現實並不代表我們的愛在減少。相反正因為愛，我們才願意陪著對方走進塵埃飛揚的現實裡，再也不會只靠著一方撐著傘，去營造一片乾淨純白的浪漫了。我不活在華麗的承諾裡，也不想要什麼天花亂墜的謊言。如果做不到的事，就不要胡亂答應，我和你，已經不需要無條件的縱容和撒嬌來滿足這份感情了。

我對朋友說：如果對方開始給不了你這一刻的浪漫，請看看他的背上是否正在奮力承擔彼此的未來。不要去責怪，試著去理解。相信你寧願看見兩個人一起在通往未來的現實裡掙扎，也不想到頭來發現，你跟他只是沉溺在片刻的浪漫裡，永遠無法抵達共同的未來。

愛情中不同的階段都有不同的需要，因而產生出逐漸改變的相處方法。你無法用十八歲的愛情去餵飼二十八歲的愛情生活；同樣地，二十八歲的愛情，放在十八歲的身上會磨蝕所有幻想。我們的愛放到不同時光中，會折射出不同的光線，照亮腳下面對的困難，人一路長大，就自然會容易看見凡塵裡各種言不由衷的瑕疵，而我們必須取捨面對，別把這些瑕疵輕易推卸給不愛。

因為愛不是一刻的事情，而是一生的事啊。

愛一個人，其實並不是要緊守當初相愛的模樣，而是在每個日夜的更迭裡，無論你變成怎樣，我們都有重新愛上彼此的勇氣。

看，歲月風塵僕僕地把我們從往昔帶到現在，我可能還是會愛上十八歲的你，但我更希望的是，我永遠能夠愛上現在，此時此刻你最真實的模樣。

旅行的意義

離開你，
除了是旅行的意義，
原來還是
繼續愛著你的意義。

他拖著行李箱跟我道別，我再次問真的不用我送到機場嗎？他搖搖頭，然後信誓旦旦地說會幫我把清單上的土產都買回來。我裝出一副猙獰的面目說，這清單上的東西只能多不能少。

朋友們大多不能理解我男友會定期獨自旅行的行為，他們會用玩笑包裝最尖銳的問題：「為什麼他不帶你一起去呢？你不怕嗎？為什麼要讓他一個人去旅行啊。」

這種時候最愛用陳綺貞那首歌來回答，笑著唱：「因為『你離開我，就是旅行的意義』啊。」

可偏偏到了我用玩笑包裝真心話的時候，誰都不會認真拆開，朋友們都當我是在胡說，或者臆想我們有什麼難言之隱。旁人不知道的是，我與他比誰都明白這句歌詞背後的深意。

待在一個地方太久了，離開有時就不只是旅行的意義，還是繼續愛著這個城市的意義。就像他離開我踏上攝影的旅途，我離開他為了尋找寫作的靈感，其實都是為了能繼續愛上彼此。

在這些共同生活的日子裡，逐漸覺得城市就像戀人。我明明住進了它的內部，有時卻矯揉造作地想要築起一道牆，不想讓他知道我的許多秘密：我的眼淚、我的逃避，我的任性與倔強，我，其實是這樣的一個我，你現在看清了嗎？我與它像生死相依，我和他又互相對峙，我們就在這種親密又反叛的關係中充實地活著。平衡。

他是為我遮風擋雨的避風港，但它有時也會是磨蝕我意志的囚牢，兩者有著詭異的

於是偶爾的獨處，便是我們調節這種平衡的方法：只有在暫別對方的時候，才能看清自己本來的輪廓，感受生活上的凹凸。在違和感襲來的一刻，我才知道他一直為我付出過什麼，而自己又是如此需要他的存在，去填滿自己的匱乏。

從來沒有對彼此明說過，但我們都知道——

離開你，除了是旅行的意義，原來還是繼續愛著你的意義。

你的名字

曙光予你溫柔，
予你殘忍，
並不是為了讓你
成為誰的附屬品，
而是讓你在路上拾獲更好的自己。

週末和男友逛街，想起老家的書櫃已太殘舊，便到家具店想買一個新的。選好了以後他對我說，就當是提前送我的聖誕節禮物吧，然後掏出信用卡讓我付款及安排送貨。負責的職員接過信用卡，看了眼卡上的姓名後便問我：「請問一下李太太，送貨時間定在下午一點可以嗎？」

我下意識便直說：「不，我不是李太太。」接著如常報上自己的姓氏和住址。

離開家具店中不禁反思這個反應是不是過於敏感了，跟男友解釋自己並無別意，怎料他比我更輕鬆地說：「你說得沒錯啊，而且就算將來我們結了婚，排在『李太太』之前的，還是你自己的名字。『太太』只是配偶的稱謂，它並不能代表全部的你。」

我愣了愣，忽然覺得這份溫熱的提醒，是比任何物質更加貼心的禮物。

「想什麼呢？」男友喚了一遍我的全名，沒有可愛的暱稱，但有最柔和的語氣和熟悉的音色。

我搖搖頭。只是在想，你喊我全名的聲音，真好聽。

回首經年，驀然發現過去熱戀時，我也曾經渴望要成為對方的「誰」，想得到一個身分，一個光明正大地站在他身旁的資格。跟對方的朋友見面，會對「嫂子」這類稱謂感到窩心，當被省略名字，站在某人的身旁示人，甚至會有種洋洋得意。過去的我，比起做我自己，我更想成為他身邊唯一的人。

青春正盛的時候，原來我們都曾奮不顧身地成為某個人的專屬，僅僅只是占到了這一個位置，就彷彿擁有全世界。

我們竭盡所能地在人海中找到與自己匹配的那個人，然後被賦予一個新的身分，彷彿這就是愛情的意義。

在後來多次失去的過程中，我發現「成為誰的專屬」並不是愛情的意義，至少不是唯一的意義。世界上有太多的愛，暗戀、單戀、相戀甚至憎恨都是愛的不同形態，在這些過程當中，有時到了最後，我們始終無法成為對方生命中的某個角色。我不再是你的女友了，我未能做你的妻子，甚至連朋友也算不上，卻並不代表這些愛終究是毫無意義的。它們陪我橫渡青春，有些愛曾帶領弱小的我走出困囿，有些愛殘酷得令我不得不堅強——

由始至終，成為「誰的誰」都不是愛情的定義，但是成為自己，絕對是這份愛的價值。

時光予你溫柔，予你殘忍，並不是為了讓你成為誰的附屬品，而是讓你在路上拾獲更好的自己。

所以還是覺得，我們每個人在戀愛中要找回自己本來的名字。只有當你知道自己是誰，知道自己的位置並不依附於任何人身上，才不會虛度光陰，只懂麻木地等待他人的回應。我們從一次又一次的愛與恨當中，打磨和發掘自己真正的個性，修補身上那些言不由衷的缺口，明白自己和愛人都會各自成長，而這份成長，並不會過度傾斜到任何一方的身上。最後會發現我們多少次勇敢地愛，不是為了討好任何人，而是為了成全自己。

我是你的戀人，可是在這之前，我是我自己。

人在不同階段中會被賦予各種身分，到哪一天我有了孩子，我也會成為「誰的母親」，再過幾十年，又會是「誰的長輩」。從得到愛，到給予愛，姓氏或稱謂會改變，我都有不同的責任，擁有不同的面向。但這些身分背後都是同一個我。於是永遠要先守護好最深層的自己、原生的自己，內心的厚度才不會被這些身分所瓦解。

愛情中任何身分都可以失去，唯獨自我不能遺失。他的姓氏，並不等於你的名字。

小時候看《神隱少女》，看見白龍跟千尋說萬萬不可忘記自己的名字：「『名字』被奪走的話，就會找不到回家的路了。」

當時我不明白這句話的意思，為什麼丟掉了名字，便會找不回自己的原型，變成醜陋又可怕的怪物了呢？甚至我會想，就算想不起自己的名字不回去的話，也可以和白龍永遠在一起，那不是挺好的嗎？

但長大後我懂了。

忘記了自己名字的人，就像在人生中迷失自我的遊人，餘生會被困在秘境裡，為著別人的夢想和命令而踟躕不前，為著身上被人強加的責任而勞碌一生。即使找到一個人與你結伴同行共度患難，也堅決走不到想要的未來。

你可以去愛那個在未來給你姓氏的人，但請永遠不要忘記自己本來的名字。

如果他愛你，他不會抹去你的名字，哪怕世俗在你頭上冠上許多稱謂，他依然想你做最真實的模樣。多年以後這份愛，還是源於當初相遇時最真實的模樣，即使後來的生活波瀾萬丈，每當對方呼叫你的名字，就像是在提示你自己的原貌正在被愛著，你永遠能在他的呼喚聲中勇敢地接著自己，尋回自己。在愛中拾獲真正的自我，便是這份愛畢生的意義。

愛情練習

戀愛中對他愈是熟悉，
並不等於對愛愈發熟習。

去年疫情最嚴重的時候被困在家防疫，過分的懶惰和放任飲食令體重節節上升。直到某天在家中竟然覺得胸口憋悶、心跳加快，那一刻便驚覺身體開始出現警號，心知不可再讓這種生活方式蠶食自己的健康。跟A說，我決定要重新開始運動，活潑好動的她便邀請我一起上視像瑜伽課，我一口答應，雖然我已經快有一年沒上瑜伽課了。

因為是線上課，當天我一邊播放老師的指導，一邊開著和A的聊天視窗。我問她假日不用陪男友嗎？她伏在瑜伽墊上看不見樣子，埋在雙臂中的聲音像隔著一層繭，悶悶地說：「我們分開了。」

我頓時不知如何反應，隔了幾秒，她抬起頭苦笑說：「我們在一起太久了，也太久沒有用心面對對方。後來想對他好，對他溫柔，竟然發現自己不知如何入手。」

在這個時候，另一邊的老師指示我們做出一個兔式動作。我看著畫面上定格的畫面不知所措，驟覺自己此刻和A一樣。有些事情疏於練習太久了，我們就會不懂。

那一刻忽然切實地體會到，人一旦中斷了某種習慣，便真的難以再次拾起。

我們以為牢牢地放在心上的人與事，原來都可以不費吹灰之力地徹底忘記，當遠離他們愈久，重新面對他們的時候，心中的怯懦便愈龐大。從前學習的計畫如是，現在重拾的運動如是。

我們的愛情亦是一樣。

我很清楚A的個性，她絕對是愛過對方的，以至到結尾當發現自己缺失了對他的這份愛，便主動承認這份責任。身邊有很多朋友甚至家人都勸她不要分手，說嘗試再等待一下、挽回一下吧，她卻搖頭拒絕：「我清楚自己的惰性，這麼長的時間都不能讓我作出改變，便是不願意了。如果能夠挽回，早就行動了，不會走到這一步。」

是的。戀愛中對一個人愈是熟悉，其實並不等於對愛愈發熟習。

和一個人相處久了，喜歡過，愛過，深深了解過，你知道他的喜好、他的脾氣，但並不代表你能持續地緊貼對方的心境和變化。一旦你單方面地放下了對他關懷的衝動，時光便會日復一日地將你們隔開，沖淡彼此的濃度。你和他的確摸透了彼此的輪廓與靈魂，卻在重疊半生的過程中逐漸生疏，於是便再也找不到讓愛情同步的節奏。

有些事物擺得愈近，便愈會失去細看的好奇心。對方不斷往這邊寄出愛意，你嘴上說自己收到了，事實是根本不懂如何查看。這份愛就像被塞進了遺失密碼的電子郵箱，積存過許多回憶和感動，你知道它們是在裡面的，卻因為久未登入，而失去再次接觸的途徑。然而時隔太長，兩人之間再也沒有「找回密碼」這個選項。

到最後記憶遺失了，愛也是。

我覺得A當初不知道的是──戀愛不是一個結果，而是一個過程，亦是一種狀態。她把愛情想像得太過單一了，兩個人幾經辛苦後在一起，便自動會「從此幸福地生活下去」。我不喜歡童話故事便是基於這個原因，它花費了大段篇幅去描述一段愛情的開始，並將這個「開始」塑造成一個永恒的結局。長大後才知道這裡面有太大的欺騙成分，愛情最精采的段落根本是在開始以後的陪伴與經營，它卻狡猾地避開了漫長的現實。

每個人都曾經如此確信，彼此經歷過的感情絕對不會遺失。然而事實上它就像一件死物，不用了被擱在一隅，就會被記憶塵封，逐漸失去回望的線索。

我們給出的愛並不是永遠都無微不至的。明明只需一句問候便可驅散一方的不安，可你和他就是不給、忘了給、或者以為不需要給。進入社會後，人人總是說要堅強，說你可以的──謝謝這些的鼓勵，但有時候人其實不需要這些鼓勵，被愛著的人只是想要包容和安慰，很狡猾對吧。但正正是這些不需要理由支撐的偏愛，越發讓人感到愛的細節。

所以愛是需要不斷練習的。即使在得到對方以後也要頻密地觀察，讓記憶清楚這份愛的觸感，讓自己的心淋漓盡致地感受對方，需要對方，學習遷就的能力。的確，練習的過程很容易受傷，但我寧願受傷也不要讓心變得麻木，因為要頻頻去體驗愛，才能更輕易地察覺愛。就如一個作家如果不去細看周圍，靈感落在生活的隙縫裡，他也無法輕鬆地撿起；一個球手如果不去奔跑，球朝他飛來，他亦不懂如何捕獲。

愛其實是無處不在的，但失去了發現的能力，後來再多的愛意，都會變得透明。A是發現得太遲了，如果在察覺到的那一瞬便開始行動，那麼對於這些愛的懈怠，應該就沒有機會累積。

愛情不是一個壯舉，是生活中瑕疵與美好的匯合，但問題就在於人人都把它看作一個偉大的壯舉，然後在遇到困難時感覺跨不過去，就坐以待斃，不想再往前掙扎。要記得世界上是沒有一百分的愛情的，每對愛侶都在得到與失去之間拉鋸，在喜歡與厭惡之間對峙，然而就是這些不辭勞苦的往復，陪伴我們走完彼此的人生。

——心理學上有一種進展心理，大概就是指人在朝向目標進展的時候，其實比完成它的那刻更容易獲得幸福。所以實現幸福的方法不是要完成一段完美的愛情，而是盡可能讓自己經歷更多模樣的愛，從而找到適合自己的愛，哪怕它帶有瑕疵。不要怠慢，不要停滯和逃避，愛是生動的，只要我們還不放棄尋找，那麼彼此還會在幸福的路途上並肩而行。

A看見我做得七零八落的動作，取笑我：「你太久沒練瑜伽」啦，懶蟲。」

「我們都一樣啦。」我躺倒在地板上，呼出一口氣：「欸，要多加練習啊。」

多點練習吧。生活裡健康的習慣也好，愛情中稠密的交流也好，都要提醒自己去奔跑去掙扎，這樣才能疏通生活的脈絡——有時自律並非為了要達成什麼創舉，只是希望在人海的洪流中，我與你不會遺失彼此，然後避免重新再來的痛苦。

合奏

我要先找到自己的生活，
才能找到我們兩個人未來
共同的生活。

銀行關門前排滿了人龍，於隊伍中等待半個小時後終於到櫃檯，繳付好保險帳單，發訊息跟男友交代後卻被告知：對不起，忘記告訴你我中午已經繳好了，剛剛會議太忙了。

我發出一個生氣的表情貼圖，嘆了口氣然後回覆道：我打電話去問問怎樣退款。

步出銀行走在行人道上，陽光正盛，邊走邊撥電話到保險公司，途中又再需要等候，於是被逼重複聽著同一首鋼琴曲。不知是否因為錄音的品質或者信號不好，音符全都變得沙啞走調。我忽然想，愛情放在日常凌亂的碎屑裡，就像這首貝多芬的〈月光奏鳴曲〉吧。假如不能被好好演奏，就算是曾經熱愛的經典，最後都會成為噪音。

心裡的確會感到沮喪，但這份沮喪並不是衝他而去的，只是因為察覺到人無論成長到哪一個階段都總會有力有不逮的事情，有無法兼顧的生活與工作。尤其當能力愈大了，時間便愈見拮据，兩人可以見面的時間難以重疊，連釋出的愛都剛好錯落在對方的盲區——我們為著金錢和未來而奮鬥，彷彿自己也成了一枚硬幣，被各種工作拋至半空，時而失重，時而撲空。如果在落地時不能剛好落在同一面，錯過頻率和運氣，就無法面向同一片時間、空間以及未來。

所以才會無奈吧。每次一想盡力給予些什麼，去表明自己的內心是確實帶著愛的，只是走過的全都是錯誤的編排。時間公平地流轉在我們之間，卻因為不夠分配而導致好意被忽視，驚喜被閒置，生活便是如此活生生地隔開兩方。

朋友對我說過，愛情之間出現障礙是因為彼此之間不夠了解與陪伴，她甚至建議我換一份較輕鬆的工作，說既然男方在經濟上比較有能力，我可以不用整天埋首在工作和寫作之中，多點安排兩個人一起相處的機會。他也應該多陪陪我，最好可以減少攝影的時間，否則感情容易變淡。

我搖搖頭說，不是這樣的。

正因為真心了解對方，才會比誰都肯定對方的才華及能力，不想干擾彼此的發展。才華是一個人可遇不可求的天賦、觸覺，能力則是每個人透過機會和努力所得來的。走到現在，我覺得無論是我抑或是他，能把自己喜歡的事物變成工作，既是幸運，也是才能，同時是戀愛也不可以取代的驕傲。

所以我不會將自己或者他放在工作的對立面上。我不想我的愛變成一種挾持，逼他放棄，也不想我們任何一方的愛，會阻礙彼此成為更好的存在。我們願意給出的付出是互相成全而不是一方將就。我當初喜歡上他的原因，正正是因為他能全力以赴地做最好的自己，並非想看見他為了我，而變成一個得過且過的存在。

我相信一個人必須有自己熱愛的事物，才能從中得到泉湧般的力量去滋潤愛情。

愛是需要陪伴的，但愛不能只得陪伴。

生活得渾渾噩噩時，愛並不能拯救你的絕望。它只會有限地將人推向另一種更大的期待。你會更加飢餓，你會繼續無助，從此得到的一切都像施捨與僥倖，再也無法以自己的能力去抓緊。一個人如果不能自給自足地去承托自己，就算得到再多的愛，都會搖擺出一片不安。愛被生活磨蹭得剩下無言以對的陪伴，然後只能用枯死的外殼凝望對方。

——我要先找到自己的生活，才能找到我們兩個人未來共同的生活。

所以在兩個人因忙碌而分開之際，縱然有時會感到傷感，卻不代表愛情正被摧毀，我們只是以彼此著迷的姿態如此投入地活著。經歷生活上的顛簸後，更應該極力修正自己的軌跡，使兩人交錯的道路重新並排，而不是凝視著你愛的人，勒令對方放棄生命中的某些東西，來換取自己也無跡可尋的快樂。

行為藝術之母瑪莉娜Marina一生做過許多著名的創作，當中不少與她同為藝術家的戀人烏雷Ulay有關。其中最著名的作品可能是《能量的釋放》[3]，烏雷拿著弓箭對準瑪莉娜心臟，傷害幾乎一觸即發。但我更喜愛《呼出／吸入》[4]：兩位戀人將鼻子用香菸濾嘴封住之後與對方接吻，只能依靠對方嘴內的空氣來呼吸。漸漸兩人體內的氧氣都會互相耗盡，吸入的是對方呼出的二氧化碳，十九分鐘之後，雙雙因缺氧而暈倒在地，完成了這個作品。

他們用行動告訴世界——愛情之間不能只得無間的親密，否則再多的互愛，都會變成互害。

環繞耳邊的〈月光奏鳴曲〉好不容易地播完了，在回家的路上終於解決了多繳的費用，心情逐漸明朗。打開家門，看見你竟然比我更早回來，坐在沙發上，雙手合十，小心翼翼地對我說辛苦了。那誠懇又誇張的模樣有點滑稽，讓我裝不了兇悍，展顏一笑，然後抄起沙發的抱枕向你砸過去。

我和我愛的人，彷彿也在彈一首沒有樂譜的鋼琴曲。

3. Rest Engery1980：兩人對視站立，瑪莉娜拿著弓柄，烏雷單手拉著弓弦上的箭對準瑪莉娜的心臟，他的背逐漸往後靠，令弓弦的拉力更大。兩人的心臟附近都裝有麥克風，觀眾可清楚聽見他們逐漸加速的心跳。

4. Breathing In/ Breathing Out1977，此作品共進行了兩次演示。表演途中觀眾可透過藝術家們胸口上的麥克風聽到他們在過程中的呼吸聲、氣喘甚至痛苦的呻吟。

坐在同一張琴凳上兩臂相碰，四手繚亂地遊走在黑白鍵之間，你和我都是笨拙的演奏者，因此不能全盤依賴對方，只可一點一滴地追趕彼此的琴音。起初錯音多得令人皺眉，但於練習中漸漸能夠找到一樣的默契，感受對方的情感和表達悲傷的方式。原來要先梳理好自己雜亂的指法，再去和對方協奏，才能揮灑自如地釋放愛意。

和你親密地飛舞手指，而兩手不會觸碰到彼此，身體如果無法無時無刻地相依，就讓靈魂在空氣中共震——在終止符把我們的愛拆散之前，跌宕間按下的是不同的琴鍵，發出的琴聲卻同樣豐富飽滿，在彼此的偏愛中縈繞不散。

這首曲如果有一個名字，我想它就叫〈生活〉，是值得我花光餘生，與你共奏的一曲生活。

跑吧，我的愛人

每個人對愛的耐力
與適應力都是不同的。
就像你習慣留力去愛好久好久，
他卻說他是短跑高手，
奔跑
是為了十秒以內就能擁有。

每年一、二月，我居住的城市都會舉辦大型馬拉松比賽，有一年健身教練跟我提起此盛事，我心血來潮便拉著男友說要不一起去試試看。男友面有難色，但我當時興致正盛，默認他的沉默就是應允，把我倆的名字一起報了上去。

報名後理應是漫長的訓練，然而他工作實在太忙，有時回到家已經是晚上八九點，別說練跑，甚至連見面吃上一頓飯的時間亦不容易安排，我只好撇下他在夜裡獨自練習。某次練跑，我被路面突起的石級絆了一腳，狠狠跌倒在石地上，委屈感連同肌肉的痠痛密密麻麻地自腳踝湧現。那時很生男友的氣，覺得他不信守承諾，心想如果他也在就好了，起碼我不至於一身狼狽。

有天跟友人練跑途中抱怨起此事，他的聲音在身後徐徐傳來：「但你參加這場馬拉松是為了自己吧。本來就不是為了要陪任何人，所以也不用任何人陪你啊。」

那一刻在夜風中便突然意識到：我們每個人原來都是孤獨的跑手啊。

不只這場馬拉松，在人生和戀愛裡面，也是如此。

我們在萬人之間徐徐出發，跑過城市裡同樣熟悉的公路，灑下數不清的汗水與淚水，奮力擺脫所有人的陪伴，最後披著一身疲勞獨自跑到終點。換來的，是每個人獨自珍貴的經歷與跑速，如果當中的辛勞全是為了陪跑或虛度，那就失去了從奔跑中挑戰自己的意義。

「說真的，我自己參加也不是為了要拿多好的名次，只是每一年的成績裡面都有鼓勵自己前進的紀錄和意義。所以你不用男友陪伴，自己享受就可以了。那是屬於自己的紀錄，只有你自己才明白這有多麼珍貴。」友人拋下這句，越過我向夜色中的街道奔去。

後來我想，人生和戀愛的本質其實也像一場馬拉松吧——最初一人參賽，最後亦是一人離開。中途無論經過多少人，都只有自己可以親身經歷自己的全程。也只有跑過的人，知道跑道上獨一無二的掙扎和意義。

在起跑那一段，你會發現有很多人在伴你前進，但到了後來他們會一個又一個地滯後，或是逐漸追趕你。越過無數人後，或許你終於能遇見一個能夠並肩的人，他能維持相似的跑速與你奔跑，更加幸運的話，更會是同一個他陪你跑過人生中最長的距離。然而並非每個人都能在一生中與你共享相同的速度，永遠合拍。更多的人，只是一次又一次的擦肩而過當中見證對方狼狽的告別，從此在跑道上永不相見。

發現了嗎？愛情這場馬拉松，每個人跑的方式各有不同。有人習慣每天都以相同的速度伴你前行，可能讓你感覺不到激情和速度，這份愛卻能在均速中舒適地前進。

有部分人習慣先發制人放前領跑：在戀愛的初期熱烈地愛，在中後期沉穩地輸出力量，卻再也不像當初澎湃。

最後有些人，則是一路斂聲屏氣地跟隨，只有在時機來臨之際才迸發加速。你在前方看不見他的蹤跡，但原來他在你背後默默地跑，一直支撐著你。

在這過程中，我們都會看見彼此的真實，見證雙方的瑕疵被徹底暴露：你會看見有人被絆倒跌在地上，有人跑到一半便中途放棄，有人在中途不適嘔吐，狼狽一生，要一拐一拐地走完餘下的路程。

愛人的方式成千上萬，到這個時候才明白每個人對愛的耐力與適應力都是不同的，就像你習慣留力去愛好久好久，他卻說他是短跑高手，奔跑是為了十秒以內就能擁有。

但那也沒關係啊，這都是我們相愛的方式，因此誰都無法否認哪一種是比較優勝。要這份愛適合你的節奏，讓你舒適，便是屬於我們最佳的愛人方式。

在即將衝刺的那刻，也許你會發現速度太快，曾經陪你跑過好幾十年的人，最後都只能在你背後目送你揚長而去。他會淚流滿面地呼喚你的名字，而你不能回頭，因為你已維持這樣的步速太久了，此刻驟然停步只會更痛不欲生，你只能默默地、永不回頭地，披著他的愛往終點跑去。

又或者你太慢了。你帶著幾十年人世間流轉的光陰劃破強風，踉踉蹌蹌地來到終點，終於發現那個深愛過你的人早已完成旅程，正在終點線後面等著你重聚。

路上獨自的堅持，原來都是愛的另一個名字。

即使我和我愛的人多努力也好，都不一定能有足夠的勇氣，讓彼此一同抵達終點。但這場愛情馬拉松的意義也不在於終點時「一起」的結果，而是在過程中，高低起伏，用心感受的經歷。在終點那刻我們是孤獨的，但只要過程中那怕只有一段，我曾盡力過、享受過相遇、分離和獨處，我都成功完成了比賽，戰勝了寂寞。

後來讀過一句話，我永遠記得：「一個人如果沒有按你所期望的方式來愛你，不代表他的愛是留有餘力的。[5]」

5. 出自《飄》，瑪格麗特・米切爾著。

親愛的，原來我們能在路途上相遇，無論用什麼方法並肩，都已是用盡全力後才能拾獲的幸運。

那一年的比賽，男友的確沒有參賽。最後我花了一小時四十分鐘完成十公里比賽，結束後走到終點觀賽區，終於看見他提著載滿毛巾和飲料的塑膠袋，在人群裡探頭等待的樣子。

天空已經全亮，他認出滿臉汗水的我，他說在終點等我的時候，看完了《強風吹拂》，那是本講述日本高中長跑接力賽的小說，滿臉得意：「我一邊看就一邊想著自己也在跑。」

「你這是用想像力在跑嗎？這是無效跑步啊，心率都沒有持續上升。」我還喘著氣，裝作怨恨的樣子。

「你又知道沒有？」他翻起手中的書，給我看摺了角的一頁：「剛看到這句，就想起自己和你。」

我雙眼追逐著他的指尖，紙上寫著：

「不被任何事物牽絆，自由地盡情奔跑。不聽從任何指揮，只聽從身體和靈魂深處發出的吶喊，跑到天涯海角。」

是真的。跑步的時候，所有的愛在風中被反覆思念，你我的輪廓也會在光裡被愛照亮。奔跑與愛人的理由，大概都是生命的本能吧。身上的肌肉和心裡的疼痛，在捱過了寂寞以後便會變成自己的力量，精神上的繃緊在反覆拉扯後，會化成柔軟堅韌的心靈。無論我在路上跑過多少壯麗高山與狹窄低谷，穿越清晨靜謐的街道和尚未甦醒的都市，最終真心希望的，是靠自己的力量，圓滿又盡情地經歷這趟旅程——

我們要繼續奔跑，溫柔才能迎面而來。

帶著這滿身溫柔，我能更愛自己，也能去愛你。

長路漫漫看不見終點，同時是因為還未到終結，所以慶幸還能在路上邂逅你給的浪漫。我呆呆地看著你，原來是這樣啊，屬於我的這場馬拉松，你都一直在陪我奔跑，有時的確是看不見的，但你始終以你的速度和方式，予我不離不棄。

跑吧，我的愛人。希望我們可以用同樣的步伐，抵達此生共同的終點。

依靠和依賴

愛一個人可以依靠他，
但不可以依賴他。

該怎樣說起呢，我覺得身邊的人在戀愛中有太多舉動都過於冒險了，甚至近乎盲目。例如把自己的所有全都押在一個人身上，並賴以為生命，其實在本質上就是賭徒般的行為。

有很長一段時間，我都在弄清楚依賴和依靠的分別。因為並不是每個人的愛情都是一座完美的天秤，能夠勢均力敵，更普遍的情況是，這世上大部分人的愛情都是由一方主導的。比如我習慣做被動的一方，也享受被帶領、被保護的感覺——依靠一個有才能的人多麼安全啊，像雀鳥在大樹枝幹上棲息，也像藤蔓纏繞著樹幹攀爬而生，索取庇佑與安慰，一切都那麼自然，沒人會反駁這是不對的。

然而當你把付出當成習慣，便會慢慢掏空了自己。

當依靠變成了依賴，你不一定會失去他，但一定會失去自己。

所以其實是老生常談的叮嚀了——愛一個人可以依靠他，但不可以依賴他。

當你依靠一個人，如果對方突然退後消失，你可能會踉踉蹌蹌地被絆倒一下，但下一刻便會下意識地找回重心，這是一種本能。縱使生活裡沒了一個占領大片面積的人會感到空虛，但你生存的能力沒有被奪去，你還擁有自己的家人、朋友、工作、時間、興趣甚至積蓄，這些他離開也無法帶走的東西，允許你受傷倒地的時候還能被包紮，還能擁有自己的價值。你的世界只是被狂風掃過，卻沒有崩塌。

但依賴一個人則不同，「依賴」意味著你把自己大部分的意義都黏貼在那個人身上。當你發現自己的一切都是對方給的，而自己早已放棄、甚至已經失去了主動擁有的能力，便成為一件附屬品。你把所有時間都奉獻給他，你的朋友來自他的朋友，你的生活來自他經濟上的付出，那你便是他，你不能離開他。

經常有人會問：我每天都想和另一半見面，想一起生活，想一起做很多很多的事情，沒他不行。但對方好像不那麼熱中，只顧工作，他沒有我仍可以去做任何事，我便好像感受不到對方同樣份量的愛。

我便回覆：因為你在「依賴」他，而他是在「依靠」著你。你以為這兩者是一樣的，於是要求對方要做到一樣。但它們其實是不同的。

這亦是我花了許多時間去區分兩者的原因——在愛情進行時，我們經常想合二為一，焦急地相擁，匆忙地共生：我的朋友都是你的朋友那多好，你的金錢又是我的金錢多麼省事，我的興趣恰好是你的興趣，那實在是天作之合；然而這跟抹殺自己是截然不同的事情。我可以與一個人合二為一，但那「一」的裡面，還是要有自我意識的存在。

我能將一件事情交給對方決定，但我還是要確保我的聲音要被聽見，我的想法有被尊重，我還是我。我的愛是需要回音的，而不是變成一種誰的聲音。

思念一個人並沒有錯，世上沒有任何一種思念是需要譴責的。但這些思念不應是忍耐，陪伴更不是因為虧欠了誰。我也經常思念著男友，只是這份思念不會令我損失什麼、占去我多少時間。我思念他的同時，同樣有自己想做的事，想要見的人，想要去的地方。我知道他的忙碌，而我信任他這份忙碌會帶給我們更好的未來。我的思念帶給我的，是肯定自己仍然愛著對方的信念。這不會影響我平日的充實，同時不會加重對方負擔。

我們經常犯下一個錯誤，便是永遠堅信愛情給的溫柔，但不敢去相信愛情的殘忍，不願面對自己的軟弱。我們明明知道不可把自己的所有都押在對方身上，因為連他都不一定願意承擔這份重量，或者他以為自己可以，卻還是輕視了這世上其他的誘惑、衝擊，甚至天災和人禍，這些東西都能讓對方不能承擔你全數的愛。

所以如果你真的愛他，便先顧好自己，善待自己，打理好自己的生活，擁有自給自足的部分，那可以是屬於自己的才能、事業，甚至是自娛自樂的部分，總之不要再把所有都依賴在對方身上。只有當我們都能調整自己的位置，在各自的忙碌中找到自己的意義，便不會急於在對方身上尋找自己的意義。

最後如果那個人不愛你，你也可以及時離開。請記得盲目的依賴只是一種賭博，當你押下的籌碼愈多，便愈不忍心離開以他為名的賭桌，哪怕你已血本無歸。賭的籌碼是青春、是感情，是你自己。因此散盡的不只是愛情，被一掃而空的，還有無比風光的人生。

親愛的，永遠要記得成為飛鳥的自豪，即使找到一棵大樹依靠，愛上它的強大與安穩，牠都不曾忘記飛翔的能力。大樹愛飛鳥，亦不是因為牠親切的停留，而是因為牠眼內看過的美好風景，是大樹永遠無法看見的。

愛人真實
備忘錄

被愛不代表你不再孤獨，
被愛只是代表孤獨的源頭
從此有跡可尋。

一，愛情不會只給你幸福與順境，它同時會給你困難與折磨　而你無法選擇它們來臨的次序。你也不能在逆境時就否認這是愛情的本貌。

二，沒有安全感的人，會奮力給人安全感。原來人缺少什麼，此生就要裝作慷慨去給予什麼。

三，安全感不可只求他人給，最有效的安全感，永遠要自己給自己。

四，你愛他，不代表你會愛他的家庭、朋友、宗教，只是如果當中愛意重疊的部分愈多，情感就能倍增。愛情的加減法沒有邏輯，一加一可以大於二，但二減一，有時亦會等於零。

五，愛情中對他人毫無要求，是善給自己看；對自己頗有要求，才是對他人善良。

六，坦率是一種善良，但不合時宜的坦率就是一種暴力。

七，歷史上沒有兩個一模一樣的日子，因此也不可能有人用一樣的方式愛過你。我們得到的愛，每次都是獨一無二的。

八，在愛人的途中切忌對未來過分憂慮，盡力做好今天的事。將日子吝嗇地過，將愛意慷慨地說吧——Present is a gift，現在就是我們最好的禮物。

九，你們從此相愛，不等於你們要擁有一樣的人生。相愛不是一種綑綁，因此分離般的鬆綁，有時也並非等於不愛。

十，背叛的情感就像火種，起初你可以置之不理，但心一旦持續乾涸，野火就容易被熊熊燃起。因此哪怕只有一點花火，也要親手將它徹底捻熄。

十一，你明明知道，一個人孑然一身久了，有時並不介意泥足深陷。

十二，是的，有些傷痕會像絕症一樣永遠不能痊癒。但無論愛與不愛，無悔就是最佳的止痛藥。

十三，被愛不代表你不再孤獨，被愛只是代表孤獨的源頭從此有跡可尋。

劫後重生

親愛的，
忘不了他，那就不忘了吧。
人終究無法像底片一樣，
只要勇敢地曝光，
奮不顧身地奔向光芒，
便能一筆勾銷地抹掉那些過往。

你只是想他難過

怨恨一個人的時候
總是會想起對方可恥的模樣，
但同時會拉扯出一個受過傷的自己
如影隨形。

橫過這條街時，她在心中默唸三遍「不要碰見，不要碰見，不要碰見」，臉上維持著神色自若的表情，沒有人知道她今早七時起床花了一小時化妝，穿上前一晚配搭好的衣裳，就是為了路過這條街時，春風會吹起她粉色的裙襬，撫動微卷的髮尾，明媚的晨光能把她的肌色照亮幾分，一切都美好得像盛放的花朵。

誰都不知道這些心機，因此看到的人都會認為這份美麗是毫不費力的。邁出第一步時她本來想，如果今天能碰見住在這條街上的他就好了。她想要他親眼目擊她最自然又完美的姿態，讓他自慚形穢、後悔、自責得體無完膚。

但到她真的走在路上時才發現，她在抖，她在怕。「不要碰見不要碰見不要碰見……」她想，突然不是那麼想看到他了，只想快快走完這條長街 然而步幅愈大，裙襬就愈發飄逸，她便越顯得漂亮，路人看她明豔得像走天橋的模特兒一樣，只有她覺得自己衣不蔽體，有種赤裸裸被看透的感覺。

結果她用勝者的姿態，完成了又一次的落荒而逃。

當她帶著精緻的妝容來找我時，我看見的是一個美麗得脆弱的女生。她頹然地說，直到今天，她的手機裡還留著他不堪的罪證，那麼她便可以輕易在朋友之間抹黑他、攻擊他。有時這種勝利的餘量會給她一種安心感，使她能在白晝好好打扮好好活著。可是每當夜闌人靜時手機螢幕亮起，倏忽之間，她會感覺那裡埋藏著的其實是人生中最大的污點。

從前為他流過的眼淚，好像一直匿藏在手機的隙縫裡還未乾透，讓她幾乎要懷疑自己是不是每晚又再哭了一遍。這些抹不掉的淚跡與那些毫無尊嚴、擊潰她理智的訊息一樣，都是在寂寞時突然亮起的悲傷，猝不及防地照亮了她的臉龐，放大了她缺陷般的念想。

也嘗試過把訊息紀錄及相片搬到硬碟，以為清空手機裡骯髒的記憶體也就等於洗去了自己身心上的污跡，可是很快便發現這一切都是沒有意義的。自己受傷的部分已經被記憶脅持，不管她怎樣掙扎，怎樣試圖活得快樂，潛意識的她都依然害怕的。害怕自己還是那個挽留過他、乞求他繼續傷害自己的可笑女生，這樣的人不值得幸福，不配快樂。

我問她，這些年過去了，你知道他在哪裡嗎？

她說，其實不知道，已經沒聯絡好久了，她只是很傻地認為，他還住在那裡。

我說，其實我知道他的近況，他過得很不好，還欠了債，他對我說了好多好多，但就是沒有說起你。

然後我問她——那個人真的如你所願地潦倒了，你快樂嗎？

她愣著好久，久到我以為她不會回答的時候，才靜靜地說：「我只是想他難過，我以為他難過，他就會明白我當初也是這樣的難過，那我就能快樂了。可是太傻了，無論是以前到現在，他難過，我也不會快樂。」

她的確感覺到一刻的快感，但那丁點快感還未爬到內心深處，便赫然消失了，僅只如此罷了。報復的快感像一杯冰水，潑在乾旱已久的土地，可能會撫平一小塊土地的裂痕，卻不夠滋潤早已乾癟得麻木的內心。

看，你以為你想讓他難受，但其實你是在讓自己難受罷了。

不是每個人都能用他人的痛苦——尤其是已經離開身邊的人的苦楚，來換取自己的快樂的。因為彼此喜樂已經不再掛鉤，你跟他像是陌路人一樣，你們的過去也許依然可以共情，卻已經失去現在的連結。哪怕他的未來墜入一片黑暗，都不能通往你過去的痛苦，你們都不會在寂寞的深淵再次重逢。

怨恨一個人的時候總是會想起對方可恥的模樣，但同時會拉扯出一個受過傷的自己，如影隨形。比起加害者日漸模糊的臉孔，自己受傷的姿態會占據回憶更大片的位置，只因你比任何人都記得當時被背叛的痛，好比肉體和靈魂都記得疤痕的凹凸。後來每次想要報復，等於結痂的疤又被摳開，一舉一動都在牽引當時的痛楚。這麼多次，你以為自己恨對了對象，因為恨一個人有時會為你帶來面對外界的動力，但到最後那些衝動與力量敵不過偽裝時，你便明白自己不是在報復他，你是在報復那個千瘡百孔的自己。

所以我不會叫你不恨他，只是想你放過那個永遠不能癒合的自己。他已走遠了你的悲傷，你卻仍然踩住他的影子，在他留下的陰影裡尋找一點餘光。我希望你知道的是——就算你得到了他遲來的吶喊，他都永遠無法抵達你的過往，分擔那場夜色中轟烈的痛哭。然而那些好不容易才遠離的路，你又孤獨地再走了一遍。

看吧，你甚至不敢知道他後來的人生過得幸福還是不幸，因為心裡清楚如果是幸福，都不是因你而起的結局。於是你只能假想他過得不好，起碼要過得比你不好，才能說服自己並沒有錯過什麼。

可是你有啊，你錯過了好多。

你錯過了那條街以外許多的風景。
錯過了家人與朋友一次又一次的關懷。
錯過了讓人走進你的世界、嘗試接受別人的勇氣。
從前到現在，你錯過得最多的，便是好好珍愛自己的機會。

你明明已經這麼努力了，為什麼還要用回憶裡的他和你，來懲罰自己呢？

如果仍然過得不快樂，會不會是因為你依舊按照他的標準與痕跡來過活，從來沒有正視過自己的內心呢？你穿的長裙真的是自己喜歡的款式嗎？你真的享受每天一早起床化妝嗎？你可以睡久一點，隨意一點，不走那條路也無妨，也不用時刻保持完美來準備報復，來恐懼重逢。

你要真心相信自己便是如此完美，不再是那個被他嘲笑得一文不值的女孩了。你從來都很美，很聰明，很善良，像認識他之前的你一樣。再也不要介意是誰勝誰負，你不是贏不了他，你是贏不過回憶裡面，那個自信又不計較失去的自己。

你對我說，好害怕有些疤痕一輩子也好不了。
我說對啊，那又怎樣。

保留傷疤的意義，有時只是為了提醒自己不要重蹈覆轍，我們需要這份悲傷，但那個贈予我悲傷的人，其實對我的生命已經毫無意義了。

人生就如那條被踏遍千次的長街，人無可避免地會在路上路過一些人、錯過一些事。希望你明白的是，我們可以反覆路過別人的年少輕狂，唯獨不要錯過自己對幸福的嚮往。丟掉那些拋棄過你的人吧，然後拾回最真實的自己，即使那是遍體鱗傷的你，因為這個你看起來，都比世界上任何事物都要美麗。

不完美的你

痊癒後的我們
只是在尋找一個
傷害得比較溫柔的對象

我曾經花了好長一段時間去懷疑對方的愛，在他為學業留在異國的時候、在我因為工作需要頻頻出國的時候，更在我們為了生活而四處奔波的時候。我明明被愛著，可是幾乎找不到愛的根據，除了在言語上說愛、那些填滿過去的回憶以及未來尚待兌現的承諾，曾經有無數個時刻我都覺得，關於愛的證據，我們幾乎是一無所有的。

好像就是這麼一回事吧，無論活到多少歲，這個世界有的是拆散我們的理由。不同的是以往它令青澀的兩人不情不願地分開，然而多年過後，它會讓我們心甘情願地默許暫別。愛情面對命運的安排，有時便是這麼蒼白無力。

同齡的朋友裡有這麼多人走著走著就散了，就是因為這些無力又微小的理由——比如說，他們不再擁抱了，不再分享話題了，不再願意咀嚼對方話語中的晦澀，亦不再願意去承擔對方的悲傷。這些行為與他們腦海中那些對愛情龐大又無堅不摧的幻想不符，美好的印象逐漸崩塌。

有那麼多次，我們想擁抱眼前那個人，只是想要一個簡短的回應。但是當你伸出雙手，對方卻因為不知從何而來的情緒塞滿了一腔的煩躁。他覺得你的擁抱太過纏人了，便避開你伸來的兩臂。

於是你擁抱了一團寂寞，就在那個明明能治好寂寞的人面前。

但在愛人之前，我們大概都要先認清這一點：給你溫暖和給你寂寞的那個人，其實很多時候都是同一個人啊。

同一個人，會給你愛的各種模樣。

將愛情放到生活裡，沒有永不褪色的色彩，更沒有永不停歇的光環，有時同一份愛，經過朝九晚五、上山下海，再回到你跟前的時候就是會變得力有未逮；那些直率的愛被社會洗刷過後，會變成一份厚重的沉默、一份卡在咽喉的言不由衷。他的愛被夾在帳單與牆壁的污跡裡令人無奈，我的愛有時也像旅遊時買回來的擺件一樣，曾經精緻，但不實際，漸漸得不到對方的注目。

你必須明白那些愛你的人不是事事萬能，他極有可能會迴避你迎面而來的悲傷情緒，而你的期望落空，轉身又得到一份寂寞。人們總說愛情是偉大的，不只是因為愛一個人要時刻記掛他、愛護他、珍惜他，更是因為你給了一個人近距離就能傷害自己的機會。

而愛，注定是帶著瑕疵的。因為唯獨你有權力靠得這麼近，日日夜夜去細看彼此。

希望你不要美化愛情的魔力，因為它有太多時候都無能為力。別忘記我們當初朝朝暮暮都想得到的特權，便是獨占對方的一切，那包括他身上的瑕疵。

還是很喜歡電影《心靈捕手》裡面，教授對主角威爾說的一句話：「讓我告訴你吧，其實你並不完美，你遇見的這位女生也不完美。但問題在於你們對彼此來說是否完美……親密關係就是這麼一回事，了解它的唯一方法是親身嘗試。」[6]

親身嘗試過後，你會發現這些瑕疵都是彼此獨特的印記，它們讓你知道對自己而言，什麼瑕疵是可以在生命中積累，又是誰能值得你如此忍受。那不一定是多大的事情，反而是各種微小的、奇怪的習慣——比如你不愛洗頭，他愛在被窩裡放屁，然後你會報復性地用被子捂著他的全身……相信我，幾十年過後，你未必會記得對方做過多浪漫的舉動，但這些常見的小瑕疵陪伴你們生活，你定會記起。

因為是他，讓這些不完美都成為愛情的美麗，專屬於你。

愛人不只是享受快樂，更要享受瑕疵。它是一個讓那個人傷害也甘之如飴的過程，同樣是你看盡各種不完美過後，從中拾獲幸福的過程。親情如是、友情與愛情也不例外。

年輕時我們毫不知覺，但後來便知道，痊癒後的我們，只是在尋找一個傷害得比較溫柔的對象。

也許生命中總是有那麼一個人，你甘願被他的溫柔誤傷，都不想在別人的愛情裡，一生都毫髮無傷。愛一個人，原來就是愛他的風光，愛他的殘忍，也愛他的不完美。

6. 電影中的原文：「You're not Perfect. This girl you met, she isn't perfect either. But the question is whether or not you 're perfect for each other. That's what intimacy is all about. The only way you are finding out that one is by giving it a shot.」

離他很遠的體貼

體貼是一種溫柔
但當遠離了對方的真正需要
便是在自以為是地表演溫柔

和S約好要在海邊聊天，記憶中的她，一直是個溫柔又細心的女生，從學生時代起便是那種極愛照顧別人、為身邊的人打點好一切的個性。時隔多年後的今日，她身上那份溫柔也沒有被時光沖淡，一見面，就看見她早早買好了零食與啤酒等我。

海風吹不散六月夏夜的暑熱，手上冰涼的啤酒罐稍稍降溫了，水珠沾滿罐身，她還特意用紙巾抹好才遞給我，我向她道謝。這次約她，是因為知道她最近剛剛分手。對方是她從大學時期便開始交往的學長，多年來我也見過好幾次。本來兩個人都要計畫結婚了，卻在交往的第七年突然分手收場。她對這件事也沒有絲毫掩飾，苦笑著說：「我每天都跟他說，我幫你煮好了早餐、熨好了襯衫，週末和他父母吃飯的餐廳也已經訂好了，我甚至會提醒他午餐不要吃太油膩，出門要帶傘。可是他在分手那天才跟我說，我其實不用做這麼多，他覺得我這些是束縛，是對他的約束。」

「怎麼一個人對另一個人的體貼，會慢慢變成對他的要脅呢？」

她抿了一口啤酒，然而酒過三巡怎麼可能還有餘酒剩下，不過是一種掩飾罷了。手上的啤酒沒了重量，讓我輕易便能瞥見她微微顫抖的手。我別過頭，看向她前方那片漆黑如墨的大海，好像她這麼一個曾經無比耀眼的人，此刻都被時光的海浪吸走了身上的光芒。

我只能跟她說：「你很好，這一點無容置疑，可是這世上任何一種好的初衷，當它找不到一種貼近生活的方法去實現，也就抵達不了理想中那個出口。」

想為戀人張羅一切的原意是好的，但如果在過程中只顧滿足自己付出的欲望，而忘記照顧對方的感受，只在乎自己有沒有完美地做好一切，那這種不是體貼，某程度上是一種表演。

•

記得男友還在英國念書的時候，有一段時間我飛到倫敦探望他，住在他的公寓裡一起生活。當時我們像大多數剛交往的情侶一樣，會刻意維持細心又整齊的形象。現在想起來，那可以說是我們的相處中最無雜質，卻也是最虛偽的時期了：襪子不會亂放，廚房不會有水跡，馬桶蓋永遠是合上的，他會主動承擔粗活，我也總是願意為他做那些瑣碎的、煩厭的家務。

可是一個月後，當我抱著一大堆食材打開冰箱，驚訝地發現裡面儲放著一大堆底片時，他才略帶難色地說：「其實我以前在家時便一直都是這樣的，底片放冰箱會比較好保存。但你來了以後會幫我把冰箱填滿……快要入夏了，我想還是這樣比較好。」

從那時起我便明白了——體貼是一種溫柔，但當遠離了對方的真正需要，便是我自以為是地在表演溫柔。

愛情總是令人想要不斷奉獻，可惜這種奉獻的衝動有時會蓋過需要，讓你盲目地傾倒一切，將自己凌駕於對方現實中的習慣與感受。可能你會覺得，那也是我用心給你的愛呀，你怎麼可以狠心拒絕？

但戀愛既不是捐贈更不是施捨，我們愛的人不是一無所有的乞丐，我不可能只憑自己的意願，便強行將不同的價值觀及東西塞進對方懷內。換個角度來看，如果別人以愛為名，替我抹去了一切選擇的權利與自由，就算身邊被許多富麗堂皇的東西、精心設計的規則所包圍，我也只會被它們圈養得舉步維艱。

所以我學會不再盲目地付出了。兩個人的生活本來就不是一張單方面幻想出來的藍圖，更像是一幅互相遷就、不斷變化的風景。你必須時常張望，觀察對方的感受，才會像察覺天氣般知道什麼時候要迴避，懂得預防及作出調節。否則你燃燒掉所有熱情，以為給了他一個無憂無慮的樂園，其實對他而言，這只是泛濫著一片溺愛的廢墟。

我看著S。這種愛錯了嗎？是錯了吧。

但能怪她嗎？我自己不會。

因為我明白，愈是遇上想要珍惜的人與物，人便愈會不知所措，就想要掏光自己可以給予的所有。

曾經讀過蔣勳老師的一句話：「父母對我們的愛有時候是一種暴力。」覺得說得太對了，事實便往往都是如此。那些「為你好」的叮嚀、「為你著想」的嘮叨，雖然一開始都是毫不計較的祝願，但也確實曾讓我們感到如此煩厭。這種暴力不是堅硬的，反而是柔軟的傷害，又帶著對方熾熱的溫度，有時就像溫火一樣，會讓你慢性灼傷。

她對他的這份愛也同樣是這個道理吧，本來給你的愛是想要保護你的，但到頭來，原來是以愛為名去正當化自己的行為，最後無論接受或反抗，其實都會讓其中一方受傷。

愛人的過程中當然會希望得到對方認同，像我有時也會在付出過後對男友笑說：「你看看我對你有多好。」但這只是撒嬌，並不是邀功。太過頻繁的提示，只會讓對方覺得這種體貼是一種索取，在他心中便會形成一種隱形的焦慮，同時因為無以為報，就只會更加約束自己要依照你的想法過活。這種生活對他而言，太過窒息了。

海風吹散了我們兩個人身上的酒氣，吹不走她的疑惑。為什麼一個人體貼會變成對另一個人的要脅呢。

我說不出太過傷人的話，於是只能說：「真正體貼的人，是不會讓對方知道自己付出時有多麼用力的。甚至你也不想對方知道自己正在為他付出。或許到最後，那些讓人無法察覺又恰到好處的溫柔，才是真正的體貼。」

像我沒跟她說，我其實不喝酒很久了，今天晚上的這些酒是看見她的脆弱後才陪她強嚥下肚的。成長到某一個點，你會發現太多的好意如果不能貼近時間的變化，其實就是一種過時的執著。

親愛的，如果說愛情裡刻意的傷害終會換來兩個人的分開，那我們更不能忘記的是，粗暴的溫柔，其實會更加讓人難受。

一隻委屈的刺蝟

這世界上誰都可以委屈你
唯獨你不可以委屈自己

1

戀愛中有某些瞬間會覺得自己不被善待，無論自己做了什麼，或是不做什麼，在對方眼內投射出來的都是扭曲的影像。那些想要給你的溫柔瞬間變得尖銳，善意全被當作累贅。我們的愛都失焦了，只剩下一片模糊又窒息的無奈在內心狂竄蔓延，堵住了呼吸的方向——這種心情，喚作委屈。

這種時候就像一隻刺蝟，失去了表達及溝通的語言。我是一隻四腳爬行的動物，卻只能瑟縮在你世界的角落，並沒有能力反擊或逃離。有人說委屈時人心如止水，我不認同，委屈是活的，在體內狂奔亂竄，是它彷彿要將愛情置於死地。

曾經在單身的日子裡活得自由又高傲，那時並不能理解為什麼人在戀愛以後可以失去原則，竟願意親手摘下光環，向對方俯首稱臣。後來才明白，人在愛裡面原來是會自覺卑微的——並不是說自己不愛自己了，而是在遇見某個人以後因過分珍惜，自己這邊的天秤就會日復一日地加重，那重量包括了思念、執念、忐忑與不安，所以隨著年月，更愛的那方會漸漸由高空低垂至陸地。

因為我珍惜，所以我卑微。

張愛玲同樣說過：「愛一個人會低到塵埃裡，然後開出花來。」是真的。每個願意卑微的人，都是因為深信墜落以後自己的委屈不會白費，那是一顆種子，會開出愛情絢爛的花朵，即便後來用來灌溉的，原來都是自己滾燙的淚水。

＊

有許多委屈，其實一開始都算不上委屈，只是敏感造成的後果。

敏感的人總是容易委屈的，因為我們比誰都多出幾分感受善意與惡意的能力。有時像一隻被生活刺激到豎起尖刺的刺蝟，我輕易地感知這個世界，於是崩潰地蜷縮自己。

只是這樣，我會比你更加容易蒐集生活上令人沮喪的細節。

像是第三年起逛街時不再被時常牽起的左手，橫過馬路時左肩上亦不再有強而有力的手臂。

第五年以後開始被父母追問兩人對未來的計畫，鼓起勇氣向你提起，而你輕輕地帶過。

時間從某一個時間點開始以緩慢的速度流逝，你我之間往復的間隙，漸漸大得要以小時作單位，那些兩個小時後的回覆與一開始的形影不離，是太過殘忍的對比。

這一秒我還在人海裡按捺即將豎起的尖刺，那個能撫平它們的你，卻已經走到對面完成又一次橫渡。

多麼奮力地追上你，與你擦肩而過時，我都害怕自己身上的敏感會刺傷你，靠近時又渴望有誰能察覺我的不妥。站在你的疲憊面前我又把自己的疲憊硬生生地嚥吞下去了，那是一根又一根的針，好痛啊，但你真的在乎嗎？在這些不甘抵達心臟之前，我並沒有勇氣開口把受傷的原因說清楚，於是當著你全不知情的臉龐只能強顏歡笑，體內掀起的海浪卻幾乎要夷平我的領地。

然後又再發現，所有委屈的原意都是善良的。我身上有刺，只能用雙手環抱你帶給我的悲傷，而不敢伸手去擁抱你，不忍心看見你皺眉，不想引起更多餘波，所以允許委屈在我體內肆虐，只是我錯估了忍耐的痛楚，與它壓潰一個人的威力。

所以你可以說我傻，但不能說我錯。

你不能責怪一隻刺蝟敏感，怎麼身上要攜帶許多引起感傷的尖刺。這是牠與生俱來的一種堅硬，用來保護脆弱不堪的自己。

你也不能責怪一個敏感的人愛你愛得如此委屈，希望你知道的是，她委屈的背後是一道用善良築成的高牆，為你擋去了愛情裡本來更加澎湃的悲傷。

2

門被闔上以後明明是一片肅靜，但那邊關門聲太重，在這邊的心房落下了太大回響。我低下頭繼續清理門前的鞋櫃，已經抹得一塵不染了，而我還在抹，好像抹走了所有線索，你回來以後，就不會記起我們有過這場寂寞。

從頭到尾我都沒有說話。你說我的沉默是一種示威式的倔強，但我其實想說不是的，只是心裡積壓得太多了，彷彿只要漏出一絲缺口，那些澎湃的情緒都能傾盤而落，我不想這樣，那就只能緊閉嘴唇。如果這形成臉上不忿的表情，請相信那不是我的意願。言不由衷，大概形容的就是這麼一回事吧，每次當你希望我說些什麼的時候，都感覺從喉嚨裡生出一個巨大的黑洞，吞噬掉自己的話語，也吸走我們曾經的願景，再也看不見許下過的未來。一顆又一顆星光般的承諾都黯淡下來了，原來心必須足夠柔軟，才能接住這些龐大的隕落。

——就在此刻我發現，愛情裡最具破壞力的情緒從來不是懦弱或憤怒，而是委屈。

在愛情進行時真的不能委屈，一旦產生委屈，這份感覺便會一點一滴地壓垮自己。曾經幻想自己可以吞下那丁點不忿，然後忘記吧，但其實只是把問題堆積在心底塵封不理。結果每吞下一點點委屈，就像在腳下落下一點陰影，這些陰影會蟄伏在暗角留待幸福時向我們突襲。

後來兩個人走過更多的路，帶來再多的補償，那些快樂在心底落下時始終會隔著一層厚厚的委屈，從此幸福，永遠都不能簡單地著床。

這是我的壞習慣，習慣把自己放在一個退守的位置，你也說過這是我的狡猾對吧。只要戀人之間誰先抱著委屈，即使在爭吵中勝敗，也等於清空了一級台階好讓別人送上憐憫，然後就能對整個世界宣告著：我不吵了，你要記得，這份和平是我犧牲自己換來的，這是我為愛情作出的貢獻。

的確是很狡猾的，因為我根本不想犧牲自己——真正的犧牲者不會記著自己失去過什麼，而抱著委屈的人，卻會覺得對方對自己有所虧欠。這些虧欠像戀人對你的欠債，自己就像債主一樣感到餘裕。就這樣仗恃著這份權利，埋伏著，等待著討債那天。這份追討並沒有時限，於是可以在多年以後一筆翻起舊帳。只是在漫長的狩獵當中，會發現想要的都是對方的愧疚，再也不是愛。

我不願看見自己變成那個模樣：貪婪、膽小又躁動不安。你喜歡的不是那樣的我，甚至連我也討厭這樣的自己。因此在你離開以後，我學會對自己說。

你啊，別再口是心非。

要是情緒不能獨自消化，就把它有序地張開，要讓對方知道內心的想法。我愛的你啊，其實未必有能力偵察到那些彎彎曲曲的心思和糾結，畢竟有時甚至連我也不能明白自己的脾氣。所以在衝口說出「我沒事」之前，還是要想清楚有沒有要向你訴說的一切。可能把這些鬱結說出後會引起其他人的不悅，但在這份不快萌芽成更大的惡果之前，起碼我們還能共同面對，還能一起試著把它摘下。

別再勾起前事。

從前的事情不管對錯，一旦過去就失去了追討的意義。多年以後再度掀起，只會發現，那些積壓的虧欠已經變成一缸酸臭的醃漬物，沒有人能理得清當中事物的原型，誰對誰錯也好，誰也不會內疚。然而翻起舊事的人，就是造成這副愛的殘骸的兇手。

不要再留待以後。

要說的話，想問的問題，要傳遞給對方的愛意和抱歉，多麼簡陋也好，可以的話都要及時讓你知道。明明可以直接說的話，就不要只期待對方的回音。將「以後」都拋諸腦後吧，充裕的勇氣和感動都不是常有，尤其明天永遠無法預約，我們誰都無法肯定，自己擁有彼此的以後。

曾經有人對我說過這麼一句話。

「這世界上誰都可以委屈你，唯獨你不可以委屈自己。」

一直讓我感到委屈的不全是你吧，也鐵定有我自己。

不想獨自扛下這份委屈了。也清楚地感受到相處久了以後，人會變得如此傲慢，這份傲慢不是指有誰低估了愛情的力量，反而是我們都高估自己的容量。如果心底沒有這份寬餘，就不要獨自逞強，人活得自私一點其實並沒有錯，錯在一直欺騙自己可以活得寬容，那這就是假裝。

我的確是滿懷悲傷，但這些軟弱和委屈不應該成為勒索彼此的武器。在真正的悲傷來襲之時，我可以向你揮手、向你求救，而不是伸手將你拉進漩渦。

我真心想要的，是你給我的溫柔，不是要你擁有與我一樣的傷口。

將玄關鞋櫃全都收拾了一遍，抹好常穿的球鞋也吸好了塵，看向門口，那是你離開的出口，也是你即將回來的方向。伏爾泰曾說過的對吧，使人疲憊的不是遠方的高山，而是鞋子裡的一粒沙子，所以這些委屈，也是我剛剛倒出來的這些沙子吧。從來都無法察覺它是如何跑進來的，但回過神來，已經讓我們的步伐狼狽不堪。雖然可以選擇不理會，但這些沙石慢慢會刮傷我們的雙腳，往後餘生兩個人結伴要走的路途，都只剩下一片踉蹌。

我想，就算我們的愛情不總是一塵不染，但清理好掩蓋彼此的碎屑，那些耿耿於懷的誤會才得以蒸發於陽光。突然就渴望你快點回來，想與你曬曬這片陽光。

前度 II

我們不是要完全複製
上一次的美好，
而是要讓每一次的愛情
都有它獨自的美好。

1——續集

自他離開了你，剛好是一個季節的長度，卻又好像還是昨天。你恍恍惚惚地過了好些日子，才察覺不甘和悔恨原來會使時間格外緩慢。你想起他，也想過挽回他，但儘管不停往記憶拋出釣竿，企圖追溯起他的臉龐，最後往往是時間上鈎了，卻勾不回任何人，而回憶被隱形的釣線粗暴地扯回物是人非的現在，因此你分外疼痛。

最初你想不明白是什麼原因導致你們的分離，撫心自問已經給他足夠的關愛與陪伴，直至對方雲淡風輕地對你說：「你愛我的時候，好像在愛回憶裡的他。你以為是在對我好，其實只是用你記憶中愛他的方法去愛我而已。」

「我就像續集中，那些只為了襯托出你曾經有多麼愛他的配角。」

這些拆穿的話便像一把刀猝不及防地刺向你。刀還是你自己的，仍帶著他受傷的血跡，他把刀還給你，是不要你了，也是把傷害還給了你，你便要在此刻承受大片遲來的痛意。

後來你對我說，你終於發現了——自己總是不經意地用以前愛人的習慣去愛眼前的人。這些概念早已在你體內根深蒂固，你改不掉，最可怕的是你也從沒想過要改，你就這樣被一個已經離開的人控制了這麼多年。

「他」以前說過，交往後要每天見面，於是你現在也習慣和他天天相見。那個人不喜歡你穿得太過樸素，所以跟現在這個人約會，你便習慣刻意精心打扮。那個人不愛吃辣，自此你就不會點辣的食物，也從未問過他吃不吃辣。

你帶著前度的所有前設，完美地套入眼前這個人的身上。你覺得這樣很好，他對你的行動總是報以微笑，從不問你緣由，也不反抗。現在這個戀人都沒有了前度的缺點，以前行不通的障礙一下子都消失掉了，於是你以為這樣愛人的方式是正確的，你愛的是眼前這個他。

然後他終於告訴你：這其實不對，你愛的依舊是上一個他。現在的他，不過是上一次戀愛的延續罷了。原來都像一場戲，他卻全心全意地參演了你前度的續集。

2—前傳

一開始可能的確是這樣的：他的出現恰到好處地拯救了失戀的你，你想用新的戀情去沖淡前度的痕跡，自以為對他略薄的愛意只需等待時間填補，日子久了，便能重疊到前度的程度。畢竟他們都說：「忘記上一段戀情最快捷的方法是開始下一段戀情。」而你信了。

但從你有這種想法的那刻起，其實你就從沒開始過這段感情。從頭到尾你仍然活在上一段感情裡，見的是現在的他，愛的卻是以前的他。

是你忘記了很多事情，才導致今天這個局面。

你忘了，眼前這個人不是前度的複製品，他的喜好與別人毫無關係。你應該要努力關心他想要的和不需要的東西，而不是搪塞敷衍。

你忘了要尊重他獨特的樣子，不要下意識地把兩個人歸類在一起。他是你獨一無二的戀人，理應得到你無可比擬的愛。

你更是忘記了，對方喜歡的你，是不受任何人控制的你，是自由自在的你，不是永遠帶著別人給予的傷痕，活在過去的你。

「揮不去昨日甜美的細節，才讓今天又淪陷。」[7]

人永遠有一個缺點，便是會下意識地認為熟悉的東西就是最好的。然而這不過是因為你比較適應它們罷了。這些適應感讓你安心，給你信心，讓你未來注滿了希望。但這種愛人的習慣更像是一本過時的舊地圖，讓你迴避了所有新的美好，指向兩個人分離的路途。

你哭著問，是不是每次都要像一張白紙般去愛？我說，這是不可能的事，你和我都已經被世事渲染得太多，我們就像是爬滿了字的小說，早已遭遇了許多角色和情節。靈魂是豐富的，不是單薄的，因此才賦予我們繼續愛人的勇氣與被愛的魅力，你又怎可能否定自己的累積。

並不是說我們每次重新愛人的時候應該像機器一樣，要還原成原廠設定才可繼續去愛，畢竟這是徒勞無功的。人始終帶著不可移除的記憶，無可避免地會把上一次愛人的習慣遺留下來，身體會違背你的思想擅自記得某些動作，那些失去了的軀殼和體溫，亦早已竄進了你的掌紋和血管內，埋伏著等待發作。所以我不會叫你忘了一切，刻意的遺

7. 歌詞來自蘇打綠〈無眠〉。

忘只是自欺欺人，能忘記的人與事，其實你早已不會記起。

所以既然忘不了，那就去面對吧——你要審視這些過往，知道自己犯的錯是什麼，緊記彼此的缺點與無可奈何，然後在心中找個角落埋葬它們，別親自把這些遭受過的痛苦帶到下一段愛情裡。

知道嗎？我們不是要完全複製上一次的美好，而是要讓每一次的愛情，都有它獨自的美好。

他的愛並不是為了治癒你過去的種種而存在的，而是為了與你展開更多溫熱的未來。人其實無可避免會帶著疤痕生活，但切記不要用別人的真心，去塗敷那些前人留下的烙印。這樣做可能會令自己舒坦一時，但遺憾，始終會徘徊這一輩子。

愛情不是一座避難所，因此你不能躲進他的懷內，要他用臂彎擋去別人給你的子彈。這不公平，也只是逃避。你正把他人對你施下的傷害，偷偷轉嫁到另一個真心相待的人身上。若一開始心中就把自己定位在受害者的姿態，愛人是希望別人回饋同等程度的愛去救治自己，這樣不是真愛，只是報復，而且報復的對象錯了，標靶對準的是此刻愛你的人。

你要保留過去戀愛中的那顆真心，但這顆心應該記住的不是愛過哪些人，亦不是你為他做過的種種細節，而是那些為了愛人可以放下過去的覺悟，不再怕受傷的付出，以及願意為他去嘗試新事物的勇氣。把那些猜忌、多疑、偽裝、怠惰，將這些侵蝕愛情的兇器都放棄掉吧。引起錯誤的那個人已經退出了你的世界，就不要被他遺留下來的東西占領你以後的幸福。

有許多人失戀後只是匆匆尋找下一個愛人，沒有勇氣回望傷口，沒有時間為上一次戀愛作總結，於是根本不知道自己的愛情到底失敗在哪裡，也就永遠無法改變被傷害過的自己。我們以為換個對象就好了，這次應該會成功，殊不知帶著過去懵懂的自己，無論重來多少遍，愛情只會指向同樣失敗的結局。

有時不是愛錯了人，只是用錯了方法愛人，也終究抵達不了幸福。

新一段愛情可以分散過去的某些痛感，但同時會賦予你另類的敏感，這份敏感在未來可能會為你帶來更多痛苦，頻繁地勾起回憶中的倒刺，使傷口永不癒合。得到愛情不能改變你痛苦的來源，除非你願意給予自己充分的時間痊癒及面對，不再逃避。

「他說他是配角，可現在我才發現，我從來也不是那個人的主角。」你輕輕苦笑，我搖搖頭。

是不是配角又有什麼所謂呢？在配角的劇本裡，可能主角才是無法得到幸福的一位過客。如果無法控制別人視我們為何物，那起碼能夠肯定，我是我自己的主角。

總是希望我們每一場戀愛都是只有兩個人的電影，不會有太多煽情的劇情，也沒有那些百轉千迴的曲折，有的只是歲月靜好的平淡和我。愛情裡不是沒有續集，但不會是在這個人身上尋找上一個人的續集。人若要執著彌補遺憾，便注定會製造更多遺憾。當你總是在對方眼內追尋著另一個身影，那麼得到的幸福都只是幻影，但錯過的，都是自己真實的人生。

反義詞

在愛情的路途上，
「一起」不是「分開」的反義詞。
當初我們一起是為了幸福啊。
原來
現在我們分開也是。

曾經有人跟我說過，他多麼害怕別離，明明知道愛已經走到了盡頭，再也沒有力氣可以付出，可以去挖掘前路了。但他還是不敢開口做先說再見的那一位，好像誰先說了再見，就背叛了當初所有的信念。

我說，可是如果你愛他，應該還是能說出口的。假如真正愛一個人，怎麼會捨得拖欠他的未來？那些匱乏的部分如果用盡辦法也無法為對方填補，那只能放手，讓他走向沒有你的以後。

從前的我以為每次分手注定會哭得上天下地，可是原來，當你在人生中遇到一些很好很好的人時，分手是哭不出來的。甚至你會笑，你會帶著苦笑目送他的離開。

因為他太好了，並不是說覺得自己配不上這個人，但是你知道他值得更好的選擇。本來想陪這個人走一輩子，後來發現自己能給的都只有寂寞的豢養，你不想看見他這樣，他值得更自信，更體貼，更溫柔的陪伴。這是自以為是的溫柔嗎？是的，像小時候被強行推往的許多路途，以為是苦劫，原來都是祝福。

長大的過程中漸漸發現有許多人與事並不是非黑即白的。那些離開過我的人可能不是什麼好人，也不一定是個壞人，只要沒有故意的傷害，也許愛情就沒有明確的對錯。

對啊，時間曾經送走一個不好不壞的你，在某年某月裡，當我又成為選擇了離開的那個人，才能明白你的離開，也許不是不愛。

我翻遍了辭海然後發現，並不是每個名詞都能找到對應的反義詞的。

在愛情的路途上，「一起」不是「分開」的反義詞。譬如那時其實想不帶遺憾地對你說——當初我們一起是為了幸福啊，原來現在我們分開也是。

早知道就不要這麼糾結了，走了這麼多年，才發現開始與結束，其實都是彼此幸福的原點。

將眼淚留給自己

這夜要是流乾身上的淚
就擰乾了悲傷的長河
從此以後
請將眼淚留給自己

1

從小到大，都不太明白為什麼人們要迴避悲傷這回事。他們跟我說，哭泣是不好的，流淚是丟臉，哭聲是晦氣。

可對我來說，眼淚幾乎是一種救贖。

你也同意的是嗎？我知道你同樣是個愛哭的人。我，你，眼淚在本質上都一樣，都是流動又敏感得不能被抓緊的東西。有時覺得這個軀殼並不代表自己，反而裡面流淌的淚水更具代表性。起碼它盛載過我的夢想，看過我眼內的景象，帶著我熾熱的哀傷，都是比我更有生命力的存在。因此可以想像，它們只是帶著我放棄過的事物與生命中逝去的人逃出這個身體，在另一個地方仍然掙扎地活著。

曾經有一個人對嚎哭的你說，你的眼淚毫無意義，令人煩厭又令我噁心。

多麼希望那時我在場，那麼我就能擋在你身前對著他說，對啊，因為她是為你而哭的——「你」毫無意義，令人煩厭，令我噁心，有許多人都可以跟你陪笑，卻不是每個人都願意為你而哭，而且真心能哭得出眼淚來，是你親手放棄了這種難得的真心。

我永遠相信，將一顆真心踩在腳下的人，後來再也無法獲得同樣純度的真心。一想到這樣便為他們感到可悲，同時有種報復的快感。

真的，你再也不用為他哭了，這對他而言便是最大的懲罰，亦是對你自己最大的救贖。

2

哭泣的時候總是會想像，要把這個軀殼裡那些悲傷的、腐爛的、不堪的自己全都隨著淚水排出來，於是要埋在被窩裡力竭聲嘶，周圍形成一個繭，期盼這場哭泣以後，我們終會蛻化成更好的模樣。

這夜要是流乾身上的淚，就擰乾了悲傷的長河，他不會再在毫無防備的時候翻起巨浪要蓋過我們，你也不會在淚水中溺斃，然後你就可以用這場眼淚匯成的河川，緩緩送走他。我是這樣盼望著的。

淚水伴時光墜地[8]——一滴一秒，一滴一分，一滴原來已是半生，我們把一起的年月

8. 靈感源自夏宇的詩作〈時間如水銀落地〉。

都流光了，就償還了這漫長的過往，各不相欠。

答應我，這是你最後一次為這個人哭泣了。從此以後，你要將眼淚留給自己——往後的眼淚請為自己的悲傷而流，為自己的感動而流，不要再為別人所犯的錯而流，更不要為別人的憤怒而流。你的眼淚多麼珍貴，就別要用來洗刷別人遺留的污跡，這不值得。記住真正愛你的人，是不會介意你哭泣的。他們會溫柔地拭去你的淚水，心疼你的眼淚，想你不哭，但還是願意陪你痛哭。

知道眼淚本來的意義是什麼嗎？不是告別，而是相遇；不是結束，而是開始。

母親告訴我哭泣是一種本能，出生的時候連同呼吸，均是我們來到這世界上最先的反應。眼淚一開始伴隨父母的喜悅和釋懷，是新生的象徵，都是人存在世上的證明。

想對你說，放在愛情上也一樣，為愛流過的眼淚，都是我們重獲新生的證明啊。好想將你抱在懷內，像我們每個人出生時得到的呵護一樣。熾熱的眼淚流過臉龐的瞬間你也會想起這樣的溫暖嗎？

親愛的，盡情哭吧，歡迎你回來這個充滿愛意的世界。

忘了忘不了

人終究無法像底片一樣，
只要勇敢地曝光，
便能一筆勾銷地
抹掉那些斑斕的過往。

二十三歲那年，總是從容自信的你顫顫巍巍地靠著我的肩，哭得一塌糊塗。就在那一天你終於收到國外研究所的錄取通知，人人都祝賀你，包括剛分開的他。但你對我說，你不想去。

假如不是現實向你發來最後通牒，召喚你要離開這片土地，離開所有跟他有關的聯繫了，你都不敢承認自己還惦記著他。你永遠是人群中最聰明的那一位，但在當下卻像個孩子般抓住我，懵然地問：「為什麼我什麼都做到了，研究所考到了，獎學金拿到了，所有事情我都辦好了，但我還是忘不了他？」

我說，忘不了，那就不忘了吧。

六年了。

你和他從高中相伴到大學，自青春的萌芽走到盛開，一起經歷各種平凡及難關。你以為一同攜手走過了這麼多障礙，終於得到相似的背景和匹配的能力，接下來只需迎接同一片未來。可惜現在夢寐以求的「未來」到了，他卻不來了。

這個世界並不會永遠如你所願，美好過的人與事，不能紛紛被時光赦免。

擁有過同一片青春的那些人啊，最後都會各散東西。

然後在成長的過程中你會發現，人生中有很多事情本來就是徒勞無功的。即使後來我們往自己的世界塞進再多回憶，也無法醜化一件事情的初衷，更不能美化它的結果。回憶被風乾以後就只會實實在在地佇立在這裡，如同一塊紀念碑，默默記錄所有因果過程，卻又諷刺地與你的未來毫不相干。

有些人一旦與我們相遇便會流淌進血液裡，成為你的生活，灌溉你的勇氣，更化做你輪廓的一部分，形成現在的你，因此注定無法被輕易遺忘。你談過多少次戀愛，就是你現在面對愛時如何反應的溯源；你過去有否被溫柔善待，會影響你現在剩下多少的愛與勇氣。這從來都不是花上一剎那便可否定的事情，那是我們一整段的人生。

深愛一個人就像兩尾魚在同一個缸裡相濡以沫——你和他互相豢養著彼此，交換過各自呼吸的空氣，共享同一片黑暗，在水中凝視後，你們逐漸活成對方的樣子。就算現在你們重回大海了，或者是去到新的缸，體內還是會殘留著一些對方的記憶與水分，你無法刻意排走有關他的一切，因為那是你一路以來活著的養分。強迫自己遺忘，只會讓自己感到脫水般的痛不欲生。

所以，忘不了不是很正常的一回事嗎？忘不了的話，就別忘記吧。不用特別記住，但也別刻意地逼自己從回憶裡面逃脫，急著否定它們。

人終究無法像底片一樣，只要勇敢地曝光，奮不顧身地奔向光芒，便能一筆勾銷地抹掉那些斑斕的過往。

那可是你曾托付真心，視之為另一半的人啊。忘不了，才是我們坦坦蕩蕩的證明，是我們勇敢以真心愛過的勳章。

忘記一個人只是一種結果，並不是一種能力。它無法被學習，更像是方塊遊戲一樣，只能讓時間隨機地在你未來落下不同形狀的人與事，讓它們與記憶互相碰撞，填滿自己的缺口，那些記憶的方塊才有一併清除的可能。

所以親愛的，盡力把世界的重心放回自己身上，讓自己體驗更多可能吧：喜歡打扮的話就盡情打扮，愛運動就恣意揮灑汗水，熱愛生活給你的機會和際遇，多花時間和家人朋友相處，聽聽他們的感受，也多了解世上正在發生的幸運與不幸。當你累積的經歷愈多，多到足以修補心中大大小小的洞口，便會發現自己曾經待過的缸小得可憐。走過山峰與大海，才能明白你執著過的人與事，其實都渺小得如星塵。他給你的愛曾經閃爍，卻高懸天邊，僅僅足夠你在夜色中得到浪漫，不夠照亮你腳下大片生活的滄田。

二〇一八年的春天，在倫敦霍爾本的咖啡店與你相聚，你嫣然一笑，說起這些年來在異地是如何一個人闖蕩。臉上的笑容明媚得如英國久未露面的陽光，一下子驅走窗外的厚雲，也曬乾了記憶中那潭囤積許久的淚水。道別時我目送著你往前方離去，那溫軟又堅定的背影，已經無法與我記憶中那個崩潰的身影重疊。

我不知道你有沒有忘了他。我也不能斷言在最後，曾經相濡以沫的你能否與他徹底相忘於江湖，但我想，這個問題已經毫不重要了，現在的你忘不了誰也沒關係，因為你顯然沒有遺忘最美好的自己。

你帶著他給過的泡沫，告別大海裡那些黯淡過往，輕輕躍身，從此走上燈火通明的岸。

若我碰到他

從青春中畢業那天，
便是你願意
接受這些傷心的那一天。

1—遇見

我好像碰見了他。就在今天，我站在斑馬線前等待綠燈的時候。

說是「好像」，是因為我由始至終都沒法抬起正眼，去確認在眼角出現的人與記憶中那輪廓還有多少重疊的地方。當我察覺到有一個人帶著回憶裡相似的髮型及衣服站在旁邊，還未來得及反應什麼，眼前就彷彿出現一個模糊的黑影，簡單又粗暴地把我拉進腳下猖獗的回憶。

回憶是一潭濃稠的死水，無論置之不理多久都無法被蒸發或稀釋。這些年以來它都是隱形的，可我始終感覺它匿藏在房間的某一隅，飛舞著無數隻小手，像蟑螂和苔蘚，奸猾地逃過時光和日照，潮溼地生長在記憶的暗角，好像在說，我們永遠等你回來。

紅燈貌似轉成綠燈了，可我目光所及，盡是黑暗。

我動不了，衣角被拉扯著，我低頭一望，不是他，不是任何人，而是過去的自己。看，這些年來我就一直恐懼著這種場景會發生——若我碰到他，我就會被當時他傷害過的自己所占據，我是逃不掉的。

你知道嗎？當你被過去的自己緊緊拉住的時候，全世界都不能將你拯救。那是滿身帶著瘀傷的你啊。每條傷痕你都熟悉，每道瘀青你都記得。你甚至都不忍心用力掙開她的手，因為稍有痛感產生，你都能立馬得到感應。即使她會在生命中反覆地出現，往往在幸福的時候提醒你痛過的一切，你都只能溫柔地、心痛地，穩穩將自己抱緊。

她回來了，而你不能遺棄自己，再一次地。

所以就回到我的懷裡吧，讓我們一起痛苦，一起承受，又一起撐過。

痛就痛吧，反正死過一次的心和人都一樣，不會再死第二遍。

2——青春畢業那一天

青春教會我兩件事。

一，一個人的成長，永遠是用另一個人的傷害換來的。分別只是傷害是細微的，還是龐大的；是無意的，還是故意的。

二，從青春中畢業那天，便是你願意接受這些傷口的那一天。

後者如果可以，我希望改成「是你的傷口痊癒那一天」。可現實告訴我，心中的傷口無關大小，都不一定可以痊癒。成年後的每個人都總要攜帶一些悲傷，將它們化作利器、煉成盾牌，才能在這個刀光劍影的社會裡勉強活著。我也一樣。

每當有人對我說，很羨慕我是一個細膩又善於表達的人時，我都很想跟他們解釋，我的細膩來自於敏感，我的表達慾來自寂寞，如果可以的話我不想成為這一類存在，像個瘋子一樣活著。

我又是從什麼時候開始變成這樣的呢？

大概自從那天，我被狠狠傷害過以後。

後來我都會笑說，這都是青春給我的饋贈，因為這樣聽起來會比較浪漫一點。像是童話故事裡那些「永遠幸福下去」的修辭一樣，我也永遠願意給腐爛的傷口結上可愛的蝴蝶結，讓它可以偽裝，這樣它就值得被回憶收藏。

然而從來都沒人給過女孩一個可愛的蝴蝶結，現實教會她的是如何親手打一個繩結，然後推著她走上愛情的行刑台。

在青春的尾巴，那個女孩得到的是利用、欺騙、冷暴力、辱罵與背叛。她一身的傲氣不停被人話中帶刺地鑿穿，全都飛走了。外貌與自尊每一天都被踐踏，付出過的心血，彷彿全是理所當然。她身負的痛楚不能訴說，當她沉默時她感到窒息般的充盈，如若她開口說話，勇氣洩漏那麼一點點，就要承受對方暴躁的斥罵。她都只能把這些化作文字，在每個夜裡寫下所有寂寞。她掌握了太多描寫悲傷的形容或技巧，是因為自己全都體驗了許多遍。

而當她付出得愈多，卻發現得不到相對的愛和對待，她就愈害怕會讓關心自己的家人和朋友擔心。於是她學會為對方的冷漠辯解，為他的惡行掩飾，她能夠敏感地察覺每個人的目光，善於裝作幸福的模樣。

當初天真又木訥的她，逐漸敏感得像被皮鞭吻過的皮膚一樣，輕輕一捏就要開出帶痛的花來。有時她甚至會說服自己，說這是愛的另一種形狀，像小說裡不被世俗束縛的情節，是留待回應的伏筆，在結尾終會苦盡甘來。以為只要有愛，一切痛苦都可以被解開。

只是後來，連愛的謊言他都懶得給了，他的懶惰終於換來女孩最後的痛快。他對女孩說——他忘不了上一個她。所以他把他們發生過的一切，都搬到「我」身上。他想要經歷多一次，以為這樣他就會再次快樂。

就在我發現自己從頭都尾都是別人的代替品的一刻，我彷彿縮小成一張畫皮，被強制披在他們某段陌生又腐爛的感情之外，原以為得到過人間最難能可貴的愛，其實都不過是薄如蟬翼的虛無，連同那些被使用過的感情一同發出惡臭。

神給人的折磨是使人永遠記得。

他給我的折磨，則是讓我記得的一切全都化作笑話。

我的回憶原來不是屬於我的，他留給我的傷口卻是專屬於我的。

我用最後僅餘的勇氣對他說，她傷害了你，你就要傷害我嗎？真可憐，你們這些人弄來弄去，從來都沒得到過想要的愛，卻以深愛之名到處去害人。

恭喜你，你以後不會再見到我了，而你再也不會遇到一個像我這樣愛過你的人了。

從小到大我一直以為自己是個很幸運的人，被家人細心呵護著長大，在朋友的相扶中無憂無慮地成長。直至那一天他難得地誠實，我才知道前半生攢下的幸福，原來都是要用來渡他給我的劫。

那好吧，就讓我來親手埋葬這段愛情。

那是二〇一四年的東京，我一個人窩在狹小又暗淡的宿舍，剛放下熾熱的手機，就看見眼前的方形電視機還在播放德國對阿根廷的世界盃決賽。我清楚記得德國隊在加時賽段射入全場那唯一一分，足球入網的那刻爆出了整個南美洲鋪天蓋地的歡呼。而在地球另一邊，電視機前這個蒼白得褪色的我卻在想，太好了，全世界都發現不了我的痛苦，至少今夜我的啕哭，並不會被誰聽見。

在一片影影綽綽的光影與哭笑聲的詭異共鳴中，我感覺世界正以一種不能停止的節奏把我從青春送走，送到更廣袤無垠的黃金年代。曾經堅信過的信念全都崩塌了，虛幻的誓言亦已瓦解。我從記憶的廢墟中拖出尚有知覺的部分，將它們風塵僕僕地扛在肩上，朝著光的那一方負重前行，背後腐爛的人與事，我通通都不要了。

聽說當一個女生變成女人，正式從青春中畢業，便是自你願意接受這些傷口的那一天開始——於是就在那天，我殘忍地告別無用的回憶，決心邁向想要的人生。

翌日晨光一早曬進屋內，窗外麻雀的叫聲掀起了夏日炎熱的共震，天空很藍很清，彷彿萬物替我抖落的並非灰塵，而是我整個青春的灰暗。我深吸一口氣，眼前是我即將要離開的東京。我告訴自己，我擁有的是一片荒蕪，我擁有的亦是前程萬里。劫後餘生之後，每一天都將會是新的獲得。

3——若我碰到他

這些年來我曾經想過很多遍，若我再次碰到他，我會怎樣面對他，又會以怎樣的表情說怎樣的話。這些說話其實沒什麼實際意義，比較像是一種想要鄭重道別的儀式感，但如果命運真的要我們重遇，為了送走那個人，我想，我還是會願意真切地唸最後一遍。

若我碰到他——大概我會說：我明明有千萬個理由不去愛你，但為了你，我曾經花光力氣去捍衛那唯一愛你的理由。

可惜之後我才發現，這些力氣全都花在錯誤的地方了。

我花了太多時間去忘記你對我的殘忍，比如忘記你記不清我的生日和喜好，無視你曾將我丟棄在冬夜空無一人的街道。我花了更多的力氣去為你擋下其他人的指責，忙著將你的吝嗇說成節儉，把冷漠修飾為內斂，卻辜負了他們對我真正的關心。他們有些人陪我在新宿街頭呆坐一個凌晨，僅僅只是因為我害怕回到宿舍獨自面對黑暗；有些人隔了一個大海，依然願意聆聽我的寂寞，哪怕他們並不贊同我這份執著。

我耗盡了太多力氣了，因此每當你要將我反噬，我就毫無能力去保護自己。

後來的你，也找到一個願意為你花光力氣的人嗎？如果有的話，希望你能勇敢一點，向她證明她所做的一切都是值得的，這些努力會換來快樂的，而不是幾千噸辜負。

若我碰到他——我不會告訴你現在我活得如何快樂。我也不會告訴你，當初你做不到的那些事，後來我全都做到了。

我完成留學了，大學榮譽畢業了，找到了真心喜歡的工作，真心愛人也被人真心愛過。我沒有把你帶給我的傷害分發給任何人，像是你對我做過的一樣。那種可笑又懦弱的輪迴就到此為止了吧，我清楚自己有足夠的勇氣去愛值得的人與事，不必從其他人身上掠奪養分。

我並沒有活成你想我成為的那個樣子，那個守在你背後為了維護你尊嚴而不敢去勇闖外面的怯懦模樣。後來的我獨自走過很多以往無法走過的路，看過艾菲爾鐵塔的浪漫，也見證過死亡谷沙漠的日落，在雪梨的邦迪海灘上與海鷗一起發呆，在隅田川與愛的人並肩欣賞絢爛的煙火。

世界原來真的好大，大到我在自由自在的往復中，漸漸就忘記自己曾經困足於你狹隘的世界。在那個世界我陪你虛度時光，在你庸俗的愛好中，竭盡全力地陪你發掘你所謂的意義，而我竟曾以為這就是我值得的全部。

於是到了現在，我的快樂已不用由你來定義，以你的好壞來襯托了。我不再謹小慎微，不用隱藏自己的鋒芒。原來一旦離開他人的夢想與那些以愛為名的控制，我的生活並不在別處，它就在我存在的每一個地方。

若我碰到他——我不會說我恨過你了，也不慶幸遇見過你，更不會幻想如果當初你沒有這樣做，你和我會不會相安無事地過。

因為今生沒有如果，你我都只有最初。

最初的你剛好站在我成長唯一的路途上，那我就注定要與你並肩過，糾纏過，而現在的你，我亦必須路過。

我要路過你帶給我的餘震，包括餘生要被夢魘驚醒的恐慌，和陷在深淵時回憶無法停歇的重播。

我要路過你給過我的承諾，然後在未來遇到相似的誓言時，不被過去的時光所傷，願意相信眼前的人並不像你，他會給我獨一無二的愛。

最後要路過的，是被你辜負過的我，那個遍體鱗傷、苟延殘喘的自己。

我知道她還在我生命中的某個角落，可能永遠都不會消失。然而當她在黑暗中出現時，我還是會滿懷感激地擁抱她，然後再次送別她。

我選擇與自己的傷口和解，因我受過傷，所以懂得不再讓自己受同樣的傷，也懂得了怎樣不讓人受傷。我知道你本是無意教會我這些的，就像當初你也不能從他人的背叛中學會這一切一樣。我不感謝它們，但我選擇讓難過化作勇氣。是我的勇氣，讓我選擇帶著這些傷口走上更崎嶇但和暖的道路，讓時光見證我蛻變成更成熟強大的自己。

回望和你一起的那些歲月，我真的失去過很多東西：尊嚴、時間、才能、眼淚。於是後來我花了更多的時間，在滿是碎片的記憶中一點一點的將它們拾起，但至今還是找不回許多部分。我為了你啊，竟然丟失過一個如此溫熱的自己。

曾經我以為這是我的缺陷，但原來不是，這是我的重生。

從此以後我能擁有全新的溫暖，更強大的依靠，與實實在在的陪伴，我已找到值得的人，與更值得的自己。

所以到了最後，若我碰見他——

我會繞過你，像你繞過我的愛一樣。

青春、時間、真心，陪伴……這些我都給過你了，吶，這次換你還給我好嗎？

還我餘生各奔前程，風流雲散的安寧。

匆匆流年，這次我就不說再見了。

因為我不要再碰見你了。

溫柔物語

他們終於明白了情深。
用這麼原始的方式，
在遠離地球好幾千光年的地方。

愛上一個人時的快樂和痛苦
就像是漫天星辰，
抬頭你會看見萬千光芒，
但背後亦有深不見底的長夜黑暗。
畢竟太淺的話，就不算愛了。

海陸空

往有你的海洋中一躍而下
在你臉上激起的笑容
是我看過最美的浪花
原以為是你對我展示的好感
卻是趁我不備　水花逃離到陸地

在這片空曠的愛意中
找不到連向你的草原
只有春風肆意吹過草梢
一把野火　就燒滿了漫天

天空存有太多積雲

飛鳥嫌棄地說　那是眼淚的倉庫
於是狠狠一啄　讓大雨傾盆落下

有一滴落在手中的咖啡杯內
在泥潭中泛起褐色的波瀾
我急忙把這場風波喝盡
每喝一口　壁沿下降一厘米
腹中就湧進一世的委屈

上天入地　有太多你的痕跡
你說你做了很多
足以將我包圍
可是當我在囚籠裡到處張望
四壁夠近
唯獨找不到
你愛過我的證據

勝仗

從真心輸出的愛就如精兵
不可以數量比拼

有一段很長的時間我誤解愛情是一場比賽，心中存在某種恐懼，害怕對擂時會不慎將真心全部掏出。要是對方一旦摸清心內的地圖，知曉腳下那些虛張聲勢的地雷和捕網，便會懂得如何攻略我的弱點，然後剩下的便是背叛。

從懦弱的自省中，我相信了旁人說的某種戰略：愛情裡更愛的一方永遠都是輸家。我想，那麼我就做比較少愛的一方吧，我有決心能夠打一場勝仗。

於是我學會了隱藏自己的真心，在乎的時候要毫不在意，感動時不表露愉悅，靠近一點點後便退後更多。時常提醒自己不要被人抓住弱點，切忌崩潰或失態。我的愛人是屬於我的，但我不想被任何人抓緊，我想進退自如，我想擁抱自由，我要及時止損。

直至對方最後告訴我：你在出演一場只有自己的戀愛。你害怕被傷害，但防禦根本不是愛情的前提，你一直在後退，而我一直在追。你根本從來沒想過要親手觸碰這份愛，彷彿它是多麼骯髒。

他離開了我，結果在這場愛情比賽中他輸了。

可我又何曾贏過。

我想起了第一次去愛，小心翼翼將自己製作的禮物送給對方，結果他笑著收下，暗地裡卻跟友人說這都是沒用的垃圾。我傻傻地想，我對愛情的期盼激不起一點點火花，全都是一堆廢物。

但是到了現在，我又成為了我曾經討厭的那種人，用虛偽來防禦真心的那些人。厚顏無恥地計算著各種心機，用計謀幫助自己立在愛情的高地，俯視別人對我的愛。於是報應來臨時才後知後覺地發現，輕視真心的人永遠沒資格贏得真心。

總有一天，我們糟蹋過的情感會以另一種方式回報到自己身上。

愛情終究是一場戰役，但敵軍並非我們所愛之人，而是這個充滿惡意的世界。

我們要用相愛去推翻卑劣的陰謀與傷害，在這硝煙四起的廢墟中找到願意和我連成一線的友軍，溫柔成為萬噸糧草，治癒對方的傷，也要放手讓他成為自己的力量。

我們需要的自由不是獨自來去自如、不曾被愛拖累。愛情裡真正的自由，是指我們在交換真心以後，得到的信念足以抵擋悲傷，不需斂藏那些僅餘的愛去為自己包紮，亦不用防範對方會在脆弱的一刻背叛自己。我不再是戰場上的驚弓之鳥，從此撥開灰燼和雲霧，得以乘風破浪地翱翔，飛翔時不害怕誰離開了誰，因為知道彼此都會回來。

你就去勇敢地愛吧，愛你的生活，愛身邊曾經虛幻的一切，愛這個搖搖欲墜的世界，愛我，而我也愛你。

在這場戀愛中，你我都不會因為更愛而變成敗方。真正的輸家是得不到真愛的一方，是辜負真心那一方。

所以不用再比較愛的份量了，那是多麼徒勞的行為，從真心輸出的愛就如精兵，不可以數量比拼。畢竟有些人愛你時氣勢磅礴，帶著萬千兵馬卻敗於　層流言；而有些人愛你，隻身一人也能為你擋下漫天刀光劍影。

如果愛是一座圍城，我願意做裡面的子民。我會攜著一顆真心前來，在硝煙瀰漫的城牆下敲門，而你會在裡面打開城門。沒有硝煙，更沒有死傷，從你迎接我的那一刻起，頹垣敗瓦被光影擦亮，寂寞的軍團偃旗息鼓，坍塌過的心房都自動重建。

我不需要歷史寫下的功勛，我只要你給我真心的吻。

我要你用親身向我證明，在這荒誕亂世中能夠真心相愛，便是一場最光榮的勝仗。

欠單

欠我的這些，
你都要還嗎？
要還，
就用你的後半生來償還。

吃飯時同事B對我說，自己小時候很喜歡機場這個地方，那時候他單純地認為去機場就等於可以出國旅行，可以在飛機上看萬里浮雲，可以吃好吃又好看的兒童飛機餐，因此好感埋在潛意識裡。我問所以這就是你在機場工作的理由嗎？他嗤笑搖頭，好像在嫌棄我對一個三十歲的大男人說什麼童話一樣。我聳聳肩，想想也是，每個人最大的錯誤，大概是妄想把年少喜歡的東西當作貼身的日常，曾經靠得太近的人和事，後來都唯恐不及。

午飯時間快完結了，我們便結了帳，找續剛好有些零錢，B便想把上次欠的錢還給我，我搖搖頭說不要，不喜歡收零錢，事實上太零碎的東西我都不喜歡。

走回公司的路上剛好經過離境出口，這段時間一向是北美航班登機的高峰期。送機的人跟要離開的人圍成一群群的圈，互相擁抱、各自道別，有老淚縱橫的父母，更多的是熱淚盈眶的情侶。與他們擦肩而過時B細聲問我：「你猜，半年以後他們還記不記得自己流過這麼多淚呢？」

我愣了愣，然後說：「記得的。但我覺得在這裡能哭的話，大概都是幸福的。後來這樣的別離一旦多了，也就哭不出來了。」

我想起了第一次在這裡送機那天，才明白電影裡的分離通通都不是誇張的演技，甚至是美化了每個人聲淚俱下的醜態。儘管這種別離有足夠的時間去準備，但到了真正告別那天，才明白自己根本沒有準備。分開的時候人總想掏出身上擁有的一切給予對方：誇張的祝福、綿長的思念、巨大的承諾，還有徒勞的安慰。全都想打包送給你，直至自己一無所有。

其實最想被帶走的，是這個渺小的自己，可你卻偏偏帶不走。

我跟B說，你知道兩個人分開時為什麼要哭嗎？不僅僅是因為害怕以後都見不到對方了，是因為他們都知道此次別離以後，哪怕未來再次相見，他們已非今天的自己了——他會成為一個更光芒萬丈的存在，我也會變成一個不動聲色的大人了，但無論是更好或更壞，歲月都不可能重塑當初分離時這般單純的你我。所以他們的眼淚有部分是為自己而流的，他們正在和此刻單薄又純粹的自己告別。

我走遠了點，眼前影影綽綽的人群裡，彷彿仍站著一個當初的自己。

那時的我用力地記下眼前這個笨拙的你，也希望你能記得現在這個躁動不安的我，或許記得我們如此落寞，就不會如此輕易遺忘。可我不敢用太多的承諾去束縛你，你明明要飛，我怎麼可能還要束縛你，於是我只能目送你，只留我一個在回憶滿布的原地。

心知肚明的是，時間向我借走當初的你，就算蓋上了歸還日期，也再不可能還給我一模一樣的你了。我知道以後的你會被時光打磨稜角，被知識慷慨灌溉，被好運默默眷顧，也許還會被人偷偷愛過，就像我最初愛你一樣。

是更耀眼的你，可是都不是當初平凡又近在咫尺的你了。我也一樣。

以前我明明是很吝嗇的，可是自你說要暫時離開以後，我便被迫著學會大方。我學會與素未謀面的人分享你的未來，學會不與時差斤斤計較，學會不去在意思念沒有回音，也學會了不在茫茫人海下意識地尋找一個不存在的你。你的離開，漸漸把我變成了什麼都無所謂的人，分不清這種麻木是歲月給我的成長還是殘忍，反正通通都是成長中你對我最後的饋贈。

我已習慣分離，如果別離會帶來一個更好的你，那麼我無所謂。

即使那個你，與我的後來都毫無關係。

時光它嚴重逾規，失蹤的你已經過了約定的歸還日期，連同你尚未兌現的那些承諾與罰款，這些年來都一直欠著。有時會漠然地想，欠我的這些，你都會來還嗎？

可你知道的，太零碎的我都不喜歡，要還，就用你的後半生來償還。

我不是在等，只是忽然明白了，成年後每個人總會隨身攜帶著些欠單，可能是自己的，可能是他人的，雜亂地堆滿回憶的每個空格，像是錢包內老是擠滿的收據一樣。付出過的後來都變得無所謂，但總要隨身攜帶著，看著它們已堆疊出一種厚度，才忽然感覺自己還擁有著你的許多。

歷史文物

五百年前
我將身上稜角和皮屑都打磨
把心臟掘空　留洞
只為了你能握緊我
用指堵住我身上發痛的空洞
那一世的心願是做一支稱職的木笛
堂而皇之地與你共吻

而你卻用我發出悅音
奏向你喜歡的人

三百年前
我埋在塵土中被你一把掬起

你將我捏壓　拋進火爐內歷盡高溫
靜靜地看著我通紅　你笑著
看我被煉成發亮的金杯
紅燈結綵下用我盛著你斟的酒
遞給你那生的良人
我被擱在紅木桌上
幽幽的望向床紗後的你

沒能和喜酒一起淌進你咽喉
卻妄想
分享你醉後的呻吟

山河易改　朝代更迭
我終於發現了能被人珍惜的秘密
就是讓歲月把我風乾
笑看百年塵世間的風雲
如今的我熬成了歷史文物
帶著被無可取代的價值以及

一身疤痕
滿心歡喜地等待今世的你
來將我挖掘

請問要延時嗎

原來這世上不是所有東西
都適合延時的。
至少對我們來說，
這一刻真正的溫柔便是在最後
給予對方一個痛快的結束。

悶熱的六月天，那場期待已久的約會敵不過瞬間變臉的天氣，在大雨中徘徊了三個街口以後，你帶著我走進車站旁常去的那間ＫＴＶ。心裡空蕩蕩的時候，人總是下意識地走向最熟悉的地方。大概因為有個去處才能算是約會，又或者只是想用相熟的習慣去敷衍一切。以前的我會覺得願意找下台階的一方是更溫柔的，但後來太多遍的經歷都告訴我：不是的，這又是一場來自成年人的逃避，而你我都是共犯。

這間ＫＴＶ自高中起已經翻新過好幾遍了，走廊卻仍然混合著香菸和油炸食物的氣味。你說：「還是這樣。這裡應該只是裝修了外飾，裡面的喉管呀廻風什麼的全都沒改。」我對著你的背影點點頭。走向包廂的途中又突然浮現了在這裡的最初：那時的我們珍惜彼此能夠見面的時間，週五的課後，或是不用打工的週末，我們都會來這裡度過吝嗇的三、四個小時。

同樣是在這條走廊吧，你曾握緊我的手，免得我像個傻瓜一樣迷路。可現在你和我就像一對獄友，步驟和方向都過分熟悉了，於是能毫無波瀾又沉默地走進這個密封的空間。

門一被關上，大片的昏暗便熱烈地包圍我倆。我默默掙脫它們　熟練地走到屏幕前點起各自的歌。每當我們之間太安靜，就想有喧鬧的背景音填滿這些突兀的空隙，這樣距離就不那麼顯眼了。很快地，屏幕上就堆砌出整整三版的歌單，我看了又看，發現歌曲和歌手幾乎都是舊的。

「你會唱他的新曲嗎？」我問，你搖搖頭。

我苦笑著：「也太悶了吧，那我點你愛唱的幾首吧。」

但我們誰都沒有恥笑彼此的資格，對吧。

當愛情失去新鮮感打磨，兩個人就如老派的歌單一樣，不再有新的想法、新的詮釋、新的愛意去支撐。舊歌變得琅琅上口，是因為當初注入了太深的愛，更是因為後來再沒有哪些歌能感動你和我，或是能夠讓我們想起對方。我們將對方困住了某些年代的歌詞裡，從此與現在的彼此都失聯。

包廂內不斷傳來低音的撼動，心跳卻異常平靜。你還是願意看向我的，並適時地唱出「我愛你」、「思念如煙」等的歌詞，平時難以啟齒的話，彷彿現在就能蹩腳地憑曲傳遞了愛意。於是我配合地對上視線，但實在看不清這雙眸是不是住著我的身影，也聽不清你的歌詞裡說的是現在的我、抑或是回憶中的我。原來我聽著的是同一首歌，但已經尋不回當初為你喝采的衝動了。黑暗中你的臉龐染上七彩炫目的光影，不知怎的，竟然多了幾分陌生和詭異。

親愛的，我也曾經把你當作光芒般的存在。但你和我現在看起來，都很糟糕對吧？

老了，不修邊幅了，表情都塌掉了。更糟糕的是，我們誰都沒有意欲要去改善這些表象，心底又始終無法接納它們已經如此不堪。

因此只能裝作看不見，裝作我們都沒變。

和同樣的人做著同樣的事，就可以說服任何人沒有東西變了樣。

所以這就是我們嫌棄彼此的原因吧——虛偽，卻不敢承認這份虛偽出自自己身上。

我們曾經都以為兩個人歷盡艱辛後走在一起便會如願以償，然而事實是平淡似水的生活裡，有太多情景足夠令人感受到愛的狼狽。它們無時無刻都在提醒裝睡的我們。

多年來囤積的心意與浪漫，原來並不夠我們堂而皇之地跨過那些愛的關口，包括我想要但你給不了我的儀式感，雙方漸行漸遠的喜好，以及本來就只有部分重疊的價值觀。有時覺得愛是一個紙鎮，它沉重地壓著所有零散的脈絡，有它在的時候，我們各自的內容都能緊密地依偎到一起。可當它被移走了，這些聯繫便終究脆弱單薄，年月的風一吹，便會四處飛散。

於是很多時候相處就像現在這樣，虛張聲勢地說要製造一些活動，又發現誰都沒有心意去安排。明明好想要紀念，到最後發現只是在懷念。懷念我們有過的歡笑與默契。

你曾在爭吵後對我說過，要不我們就不去看那些瑕疵吧，對彼此都寬容一點。要看也是看過去的承諾，想想對未來的憧憬。悲傷只是暫時的，情緒又是一片假象，別陷進去，陷進去你就輸了。

只要瀟灑一點，誰都不知道我們在落荒而逃。

可是你知道嗎？後來的我發現，命運都是避不開躲不過的。曾經逃避過的東西，最後都會用同樣的方式重返我們的生命。

它們就像是肌膚上的乾紋，一旦失去滋潤就會一條一條地爬滿全身，讓你我痕癢不堪。即使閉上眼去無視，它們都會於某個時間點重新綴滿生活的隙縫。

躲不過的。

比如現在，誰都沒氣再唱了，你我癱坐在凹陷沙發上，明明同樣身陷在這裡，卻無法懷著真心再向彼此靠近。於是由著系統放著原唱，任由情歌將我們包圍，而我們還是無法擁抱在一起，只能看著電視上過分青澀的孫燕姿在吶喊：

誰自顧自地走
誰忘了看著我

誰讓愛變沉重
誰忘了要給你溫柔[9]

這真像我們現在的模樣。

同一時間，包廂的電話響起，我漠然地拿起話筒：「您好，您的三小時套餐即將完結，請問要延時嗎？」

我下意識地瞥向你，剛好你也正抬頭呆滯地看著我，看起來什麼也不懂。

所以我一字一句清晰地說：「不用了，我想結帳。」

這次多麼想你說反對，說你想再延長多一點點，可你沒有。

怎麼會不懂呢？其實你我都知道的吧，從習慣逃避的那刻起，我們這份愛都只是在不斷延期，如果愛情是一場比賽，你我早就已經輸了。

激昂的音樂停止了，燈光被調至最亮，包廂內飛揚每一粒灰塵都在訴說曾經的熱鬧。我們被困在對方的時間裡，原以為逃避就是給你的溫柔，卻成為蠶食愛情的遺憾。親愛的，我們用了整個青春來證明，原來這世上不是所有東西都適合延時的。至少對我們來說，這一刻真正的溫柔，便是在最後給予對方一個痛快的結束。

9. 歌詞來自孫燕姿〈我懷念的〉。

小巨蛋旁的路

是更好的我們
可是都不是原來的我們了

上班的地方就在南京東路旁的巷子裡，每天從公車站下車後步行，大概需要十分鐘的步程，無論選哪條路線，都必定會經過小巨蛋。我總是跟同事抱怨這建築物的存在，因為它正好落在我上班路程的邊線上，感覺讓我要拐一大個彎才能到達目的地。

經過了快餐店，買了一份法式吐司配餐飲摩卡，用甜膩的糖分喚醒早上還在沉睡的味蕾，其實不是有多好吃，只是一直吃慣了，這條街上的店鋪十年來開了又關，關了又開，只有這家店的早餐餐單還一直有這個萬年選項。我坐在落地玻璃前的座位上，耳機在隨機播放唱著蕭敬騰的〈夢一場〉，看著不遠處這偌大的半圓屋頂。在這個二〇二一年的清晨，無數個上班族經過它，全世界擾擾攘攘，腳步紛至沓來，卻無一為它停下來過。熙來攘往的世界中只有我與它對視，即使我其實也不太喜歡它的存在。

這樣想便覺得它有夠可憐，大概世上所有事物，都只有起初和結尾令人珍惜和惋惜，其餘時間都成了理所當然的存在。就像人大了，「最後一次」的時候會帶點感慨，但事實就是人生中太多零碎的告別，你也不會留意哪次是最後一次，畢竟有很多人走著走著就丟了。但人卻總是對「第一次」抱有不同程度的執念，無論結果是好與不好，你總會有個印象。

比如第一次和誰談的戀愛。第一次為誰而流的眼淚。

第一次和誰看過的流星雨。第一次和誰看的演唱會。

當這幾種第一次的「誰」和你的名字重疊，我便知道對著你，我總是丟不下的，像是萬劫不復的一道坎，我不曾勇敢跨過。

丟不下那些年的你我，丟不下那些年跟你同樣走過的這段路，那時的小巨蛋還沒有那麼礙事，是台北最新的地標。但主要還是因為有你，讓我想多拐幾個彎，多走一段路。

高三的時候每逢週末都去夜市吃三寶牛肉麵，上課天就在新光三越的廣告牌下等你家教課結束，再一起坐公車回家。把頭倚在你的肩膊上，共享的耳機內播著mp3裡陳綺貞呢喃般的歌聲，即使兩個人的累都不一樣，我們共同治癒彼此，各自收集的傷。

畢業那年你買來兩張票，是蕭敬騰第一次開的個人演唱會，那時他甚至沒有太多屬於自己的歌，整場演唱會都實實在在地演唱，時而嚎啕、時而嗚咽，並沒有說太多話。粉絲都自嘲說搞不好這是他第一次亦是最後一次在小巨蛋開的演唱會。我們卻覺得他很真實，而我最喜歡真實的人與事，比如那一刻你握緊我的手心的觸感，那麼不容質疑，我甚至能描繪你指關節那執筆太久而生的繭。

後來我們各自考上了大學的第一志願，可是我們忘了，當那個志願裡沒有了彼此的在場，這場考試注定還是以失敗收場。大二那年你考到獎學金出國留學，然後漸漸走出我的生命。我沒有去挽留，好像彼此都隱約明白，分開是為了讓我們變成更好的自己，但更好的我，會不會值得一個更好的你，我們無從答允。

今年我又單獨買了一張蕭敬騰的演唱會。最後一場座無虛席，喧鬧的空間內懷著一顆靜謐的心，想要在萬千燈海裡尋找一個熟悉的剪影，卻發現在茫茫人海中，終究無法打撈那些年似曾相識的你。那時突然有種可笑的想法，感覺小巨蛋裡存放著一個時間停止流動的自己，每年或幾年都進去重溫一次當初的模樣。每次在裡面時都在原地反覆沉淪回憶，想時間過得慢點不願離開，卻屢屢在聽同一首歌時，發現身邊的人和自己，甚至那回憶中的編曲，其實都已經相差甚遠。

我只能說不是你的錯，是小巨蛋和歌手的錯，總是用同一首情歌誤導我們誰也不會變遷。如今站在小巨蛋裡的蕭敬騰早已不是那個充滿稜角，內向懵懂的少年，我又如何能要求同樣站在這裡的我，能覓得一個當時的你。當他也能站在台上侃侃而談時，我便知道，無論我們如何抗衡，世界遲早要我們變成一個陌生的自己。

走出快餐店繼續前往公司，風吹過來的溫度是微涼的二十二度。也許某天風也會帶你走過這條路，這時你也會明白嗎？今天走在小巨蛋旁路上的我們，是更好的我們，可是都不是原來的我們了。

卸載

正因為
我們都愛過彼此的完美
在愛的最後
才應該及時捨棄

不確定蘋果手機是何時開始有這種設置，會默認地把少用的程式和資料卸載。「卸載」顯然是個狡猾的選項，介乎於「存在」與「刪除」之間，是因為久未被使用，卻又未至於沒用可刪，於是選擇半帶透明地活著。通常是在某個時間點忽然想起了某個程式的存在，想把它找出來時，才發現圖示下方多了一個雲形圖案。空殼還留著，有過的記憶卻被移走了，如要入內，請重新下載。

你，是不是也悄悄地從我的世界裡自動卸載了呢？

我承認是我先將你趕到心裡的某個角落，盡量減少想起你的機會。自你離開我以後，有關你的痕跡，我都失去了整理的動力，只能放置不顧。

直到某天想起你的時候，才發現手機依照日期和開啟頻率，已把有我們的合照搬至某個雲端。你和我在一起的身影，在未重新下載之前變成一個個不清不楚的剪影，再也不能供我肆意偷望，不能輕易地被搜索。當然是可以再次下載的，可是那等同重新淪陷，自尊並不允許，於是只能怔怔地看著模糊的輪廓，一天一張地蔓延。

看，人工智慧再怎麼智慧，也不能明白人類是如何矛盾地活著，明明已經分道揚鑣的人類，在現實中竟然窩囊地需要回憶的儲糧。

我心裡清楚卸載是忘記的第一步，是戒掉某種依存的一種嘗試。如果還未能狠下心來徹底將你遺忘，那麼就留下一點點你的痕跡吧，僅僅足以提醒我的軌跡內有過你的存在，卻不激起什麼火花的那種程度。一部分的你在現實裡鮮明地活著，可另一部分更生動的你，卻被我埋在潮溼的記憶裡。你曾後悔過的對吧？我也後悔的，後悔當初購入手機的時候並沒有買更大容量，以至於現在它與我的心都過於匱乏，不夠放下你，和我們繁冗的過去。

然後就在今天，我翻轉了整個世界的蛛絲馬跡，發現你默默地把那些相冊和帳戶都刪除了。社交軟件上被標記的照片、那些宣示戀人主權的留言，我替你拍的頭像，還有載有我暱稱的電郵地址，全都被一下子抹去和修改。朋友告訴我，你有新的對象了，所以開了新的帳戶，有新的網名和合照。

我曾經以為過去的碎屑依然會被允許繼續存在，起碼我們在分開的時候是這樣默許的，你說會把我當成很好很好的朋友，過去的痕跡就讓它們順其自然地留下。

我信以為真，可惜它們終究還是消失了，不見了，找不到了。

像找不到任何頻道的收音機，亦像不曾得到回音的孤鯨。

世界的喧鬧仍然持續，可我找不到你了。

也幻想過某一部分的我用同樣模糊的形式在你手機裡活著，陪著你，被你擁有，容許我以舊客的身分在你的生命，雖然模糊殘缺，但確實存在。

但原來不是啊，你沒有卸載我，你是刪除了我。

印有你清晰模樣的照片還剩下十張，連同那些逐漸陌生的輪廓，我看著它們好久，深深地閉上眼睛——再睜開眼睛以後，便將這麼多個你全部勾選，再一併刪除。

那刻我才明白，過多的回憶持續滯後，但時光始終會推著我們向前走。

你不要的部分，我也不想要了，現在都徹底還給你了。

過期的愛是會腐爛的，繼續保留殘骸只會變質發臭。

正因為我們都愛過彼此的完美，在愛的最後才應該及時捨棄。

將愛都刪除過後，剎那間於心中空出的容量有點多，在忽然釋出的空白之間，現在才察覺裡面原來除了寂寞，還有你最後贈送我的自由。而我終於收到了。

溫柔莊園

衡量一個人值不值得
不能只看他有多好
也要去看看他能有多壞

從前有一朵玫瑰生長在杳無人煙的荒廢莊園，靠著天然的雨水、日照和泥土自帶的養分而生。

有一天，莊園被一位富裕的商人買下了。玫瑰初次見到商人那天，他帶著一批新聘的園丁和僕人，在春日的暖陽中步進花園，在商人的指示下，他們浩浩蕩蕩地清理了莊園的雜草，修好了破爛的籬笆與磚牆，為莊園帶來一片新息與面貌。

忽然間，商人發現了玫瑰，他伸出修長的手指，輕輕地撫上玫瑰的花瓣，不禁讚嘆：「它是我在這裡看過最美麗的一朵玫瑰。」

接著，他接過園丁的水壺，灑下專門從山澗採集的純水，又向僕人叮囑：「你們要好好照顧它。」

玫瑰初次感受到如此舒服的撫摸，不同於蜜蜂粗暴又貪婪的吸啜；他灑下的水是鮮甜的，溫度是恰到好處的，充分地滋潤了每片花瓣和葉子。

玫瑰第一次得到這種對待，隨即深深愛上了商人。

商人回到了莊園中央的大屋，把莊園的雜務都交給各處的僕人了。

園丁每天打理莊園，辛勤地照看千百朵花朵。他也注意到玫瑰的美麗，知道她是獨特的。他暗中關注她的一切，日光太猛烈的時候，他會展開莊園的陽擋；暴風雨快要來臨時，他會冒著大雨在花朵上架好支架和帆布。然而他做的動作千篇一律，一視同仁，更因為商人先開口下的指示，在玫瑰眼中，園丁所做的一切都不是特別的關愛，而是他的義務。

「園丁，為什麼主人不來呢？」終於有一天，玫瑰在園丁修剪雜草時，忍不住抱怨。

園丁一生都與花草打交道，竟也聽懂了玫瑰細訴的花語，更看穿了她的落寞，他支支吾吾地說：「主人他太忙了。」

「但他說我是最美麗的玫瑰。」玫瑰的心痛了一下，花瓣上的露珠也彈動了一下：「如今我盛開得如此豔麗，他應該會想來看我的。」

園丁無言以對，他想，主人現在已經擁有太多玫瑰了。

「是因為我的顏色未夠紅潤嗎？還是因為我的芳香不夠濃郁？」

「玫瑰啊，」園丁惋惜地說：「你不用這樣，這並不值得。」

「值得的，主人是世界上唯一一個對我好的人類。」玫瑰十分堅定。

「……衡量一個人值不值得，不能只看他有多好，也要去看看他能有多壞。」

玫瑰愣住了，她並不明白園丁的話。

園丁看著面前這大片的花海，斂下眼眸：「別去在乎對方高興時能不能送你一瓢活水，而是要看他悲傷失控時，會不會踏破你身下柔軟的土壤，露出兇殘的一面。我們人類不像植物，是不可能一直綻放，一直快樂的。更多的時候，我們都是醜惡、自私，只會在乎眼前的歡逸，我們不能永遠用最好面目去示人。如果你看過了一個人最自私的一面，也無悔奉獻，那才是真正的值得。」

玫瑰還是不懂。十日後，她掉下最後一片花瓣，凋零在地上。

園丁嘆了一口氣，輕輕掬起最柔軟溫暖的土壤，蓋在玫瑰的身上

然後他起身，走到莊園的另一邊收拾許多花瓣，為莊園新夫人每早的花瓣浴做準備——從第一天開始他便決定不告訴玫瑰真相，那麼玫瑰永遠都不會知道，商人的溫柔是真實的，只是溫柔的對象，從來都不是玫瑰，玫瑰是溫柔下的道具。

園丁想，這真是一個溫柔的莊園，這裡所有的事物，都溫柔得讓人如此心痛。

西元3002年的吻

請你永遠記得，
這世上有過一個人，
愛你如星辰。

許多年前到電影院看一齣星際懸疑片，排隊進場期間，聽見一個男生正喋喋不休地向他朋友不斷給出戀愛「建議」，他說談戀愛不用那麼認真，對愛情認真的都是傻子，感情這回事就像工作，撩撥一下應對一下就好了。

我在旁一邊默默聽著，一邊走向自己位子坐下。

燈光隔了幾分鐘後全數熄滅，屏幕上亮起一段字幕：

公元3002年，在人類與人工智慧的戰爭中，第二代人類戰敗並全體滅絕，地球環境不再適合任何物種生存。前往X星的星艦上，人工智慧培育第三代人類的胚胎，並嚴密監控他們成長的過程，計畫帶到X星後進行試驗及大量繁殖。

劇情一開始講述男女主角誕生，他們是三代人類的第一批試管嬰兒。然而在一次意外中，他們發現了星艦電腦內的檔案庫，得知人工智慧並非人類的友伴。男女主角開始一起在暗中進行反抗，躲避人工智慧的監察與懷疑，同時初次接觸情感、愛情等概念。

電影中有一段，是男主角初次翻看人工智慧對人類的分析紀錄，第一次了解自己先祖真正的模樣：「人與其他動物及人工智慧的分別——是人擁有學習情感與愛的能力，並且無法準確量度及控制。這是人類天生的缺憾，同時是人類主動繁衍，團結合作的原因。愛會讓人類強大，亦會使他們做出不可預計的危險行為，在培育中必須加以壓制。」

煞白的光影照在臉上，在一片驚悚的配樂中，我看著銀幕中的主角一臉鄭重地讀起這些資料，忽然想起剛剛那個男生輕佻的口吻。我懷疑，那男生看到這些劇情時會感到匪夷所思嗎？他口中不以為然的愛情，竟然是人類賴以生存的本能及武器。他彷彿與眼前的男主角一樣無知、迷茫又脆弱，他們原來都是不懂愛的人類。

電影中段，人工智慧屢次向主角們洗腦：「喜歡一個人類的過程，注定會讓另一個人類感到疼痛。你不去接觸愛，就不會痛了。」

前半句，我是認同的。

從喜歡上那個人的一刻起，身上那些敏感的開關會全被打開。我們容易感覺到幸福，卻也無比靠近沮喪，自卑與焦慮在心底加倍生長，如藤蔓般爬滿全身，讓人邁不開腳步。我們會焦慮外貌、焦慮身材，甚至連自己的個性也開始嫌棄。害怕自己盡一切努力後都得不到青睞，亦不肯定像「我」這樣普通的人，是否值得他去喜歡。每個人承受痛的程度不同，因此每個人得到愛的回贈也不會相同。

然而後半句是錯誤的——放棄愛，縱然看似迴避了很多傷害，但也注定令人與人的關係加快剝落，在分離以後，每個人最終都會變得孤獨脆弱。接觸愛不會從而不痛，它只是改變了痛苦來臨的途徑，並丟失了獲得力量與幸福的接口。

電影中段，男女主角偷偷翻看歷史上所有關於愛情的詩句，其中有一句：情不知所起，一往而深。

但儘管他們如何解讀，都無法理解。

鏡頭突然一轉，門咔嚓一聲打開，一個人工智慧在巡邏時發現了他們，當下就要發出警告及刪除電腦中的所有檔案。男女主角對視一眼，然後做出一個改變命運的決定——

他們掏出雷射槍往人工智慧胸前的芯片亂槍掃射。這幾槍觸發了星艦的防禦系統，人工智慧轟隆倒地發出巨響，切斷全艘星艦的電源。然後在一片漆黑與響亮的警示聲中，他們緊緊擁著對方接吻。

在那一刻，他們身後的玻璃鏡反射出一片無際的星塵，鋼藍色的銀河彷彿在彼此的心上嘩啦嘩啦地傾瀉不息，時間在此刻被壓縮暫停，又在他們呼吸間猛烈膨脹。在這個瞬間，星艦進入了新的星系，他們在晨光中怔怔地分開，看著彼此臉上被照得發光的紅暈。這是宇宙中唯一一對人類第一次看見的日出，同時是愛情再一次的誕生。

他們終於明白了情深。用這麼原始的方式，在遠離地球好幾千光年的地方。

我深深記得這浪漫的一幕，它讓我想起，愛上一個人時的快樂和痛苦就像是漫天星辰，抬頭你會看見萬千光芒，但背後亦有深不見底的長夜黑暗。

太淺的話，就不算愛了。

愛人的途中，快樂和痛苦必定是一路交纏著的。愛一個人時，會時而歡喜，時而崩潰，這世上的一切都不屬於自己可控的範圍。想要的人，想要的心，甚至連自己，我們也控制不了。當幸福進行時，人便會害怕中斷，一旦擁有了誰就要開始害怕失去。人生最痛的瞬間永遠不是痛楚發生的一刻，而是對痛楚漫長的恐懼。

但正因我們無法預料愛人途中的一切，才會產生出人類專屬的力量：希望。

希望讓我們面對痛苦時可以忍耐，亦令我們願意毫不計較地為彼此付出，釋出更多的愛，因此創造一次又一次的奇蹟。

有時我也會想，如果對所有人的愛，都能夠點到即止就好了。

如果愛能再少一點，可能我就會發現他是一個不值得的人，或許我也能來去自如、懵懂一生。我不曾靠近世界的幻想與現實，亦不用帶著矛盾和痛楚活著。

但這是不可能的。

愛如果可以點到即止，的確能夠迴避許多傷感，那大概是一種表演，不再是我們念念不忘的真心。

世上所有可以控制程度的東西都是人工的，冰冷的機器，有序的程式和眼前銀幕裡被砸個稀巴爛的人工智慧。我不禁在想，現在的我們熱愛控制世上每樣事物程度，像奶茶可以選擇半糖甜度，手機內存設置各種容量，甚至能夠以科技調控天空的雲量和雨量——我們真的漸漸活成了機器般的模樣。

過了多年，我已經記不清電影的結局是如何的了，男女主角能不能戰勝人工智能？有否成功抵達X星，人類又有滅絕嗎？

只是現在想起來，說不定幾百年後，人類就真的如電影所說的一樣，愛在地球上會成了傳說中的稀有品，因為洋洋得意的人類再也找不到他們無法控制的事物，我們從此失去了相愛和傷害的理由。就像那個電影院中輕視一切真心的男生一樣。

我們在一次又一次的繁殖和淘汰中，終於會變成不懂愛的異星人。

一想到這樣，便覺得愛這東西啊，雖然殘忍，卻是上天留給我們最後一絲的奇蹟。在已知的宇宙中再沒有其他的物種，能夠向你給出同等分量的愛，這些愛超越了空間、維度與時間，讓我在星羅密布的穹蒼，找到千億星河中唯一的你。

——所以若有一天我們真的要分離，在你離開這個星球之前，請你永遠記得，這世上有過一個人，愛你如星辰。

我在人間
拾溫柔

分離是起點，
流浪是歸途，
相遇即是重逢，
我們的相愛就是注定。

我正在未來愛你。

回家的路上定會經過河邊，十一月份的時候黃昏會提早報到，通常是傍晚五六點左右，漫天都是淺薄而綿長的橘雲，夕陽被這樣的晚霞打散，彷彿天上有一個微醉的畫家拿著一桶緋紅色的顏料往地上傾倒，恣意要渲染河岸上的一切——染滿滾燙而潺潺的河水、河邊柔亮的卵石、搖曳的青草、河堤上的柏油路，還有終於從補習班釋放的學生與互相追逐嬉戲的孩子。每個行人都在趕路，影子拉得好長好長，長得像時光的掃把，在我們身後橫掃出一片瑟瑟秋色。

我從遠處便看見你站在河岸的一旁等我，正拿著相機對著河流，腳邊則放著兩袋購物袋，逆光打在你臉上，看起來竟是一副銀鬢滄桑的模樣。我趕緊揉了揉眼睛，睜開眼時，你又回到了如今仍然年輕的樣子。

最近跟你提起過，我時常會夢見、或是看見我們衰老的模樣，這並非謊言，就像現在這樣。我總是會在一瞬間看到某個定格褪色的畫面，只得一兩秒，部分人物是帶點熟悉的陌生，像是我們一個老得肥腫難分、一個老得乾癟孱弱的模樣。有些人則是從未見過的，比如一個活潑靈動的女生在彈鋼琴，又有一個正對我哭訴的男人。我想，這一定是疲倦造成的幻想，或是從漫畫小說裡得到的聯想，全都莫名其妙，卻又令人若有所感。

但你聽過後笑說，可能那不是幻想，那都是記憶，只是我還未遇見它們。就像是預告一樣，未來正在向我拋來一些零碎片段，讓我察覺到希望的方向。又如畫畫一般，有過那一秒的景象，人就懂得大約如何構圖和下筆。

「你是說未來在提示我們？」

「可能吧，又或者說，我覺得『現在』是可以連接過去的。」

人類期盼過的事物其實都像一條條虛弱的輪廓線，凌亂不堪，只是幻影與碎片。我們現在所做的努力，掙扎，放棄或選擇，都是在一筆筆的加深它們的落影，把過去刻劃成有意義的形狀，填滿箇中的色彩。

總有一天，我們會發現如今現實的輪廓，早在當初就埋下了太多溫柔的線索，分別只是你能不能發現這些暗示，並在沿路將它們拾獲。最後成功抵達那些與心中所想相差無幾的畫面。

曾經問過自己，這人間讓我經歷過的一切，至今都還值得嗎？

我知道世上有很多事情根本是徒勞無功的。過於高尚的理想只是一片空白的虛張聲勢，太容易得到的事物，人們又瘋狂地蠶食然後互相爭奪，決意拉扯出更低的底線，製造出更多咆哮與混亂。這是一個時而憤怒，時而焦慮的時代，我們不只一次說過這人間荒謬至極。人人販賣現在去換取未來，可人類又在糟蹋未來，甚至我們都不知道未來存不存在。

只從現在看過去，你會絕望；但若你只從現在看未來，你又會恐慌。

那就讓未來照看現在吧。

看不見的東西，並不代表是不存在的。例如思念、信任、時間和愛。它只是以不同的方式在引領我們走向命中的安排。

你不是由過去的你所決定的。

你是由現在，甚至未來的自己所導航的。

你對我說過，如果時間是倒行的，那麼分離即是起點，流浪是歸途，相遇亦是重逢，我們此刻的相愛就是注定。

而就在今天，我看著夕陽中背著光，被照得一身明亮的你——我想你是說得對的。因為就在這一刻，我明白了我仍待在人間的理由。

我想起了那一年我獨自離開東京的那個傍晚，夕陽也同樣燒滿了漫天，前往機場的列車掠過整整大半個城市，在疾馳而去的車窗風景中，我看到荒川河岸上緩緩下沉的日落，亦看到有一個模糊的人影獨站在河堤上，影子拉得好長好長。那一刻，我忽然言不由衷，熱淚盈眶。

於是這樣一個一瞬而逝的畫面，一直被我莫名其妙地記住了好多年。

我清楚知道那個人並不是你，因為當時你還在異國，而我們還未相遇。可那身影就跟如今被夕陽照得明亮的你一樣，互相重疊。

——所以我們才會遇見的對嗎？

那時我就知道，我會找到你了，是嗎？

在我經歷過的千百段歲月中，時光給我留下過千萬條暗示，橫流一地，原來我早已拾起過連繫你的那一條，感應到未來的你。而你也終於找到了我。

當日洶湧而至的悲傷，原來都不是悲傷，是今天重遇你時感動的共鳴。

我所經歷的一切，包括那些微不足道的絆倒，要生要死的寂寞，突如其來的感動，都是為了抵達未來而必須發生的印記。

它們是咒語嗎？是願望嗎？是命運的齒輪，或是像你說的，是未來給我的提醒，讓我拾起過去已發生的定局，將它們變成賦有意義的證據，貫穿我後來的幸福。

今天閃過你我一起老去的畫面，也是未來我們即將發生的軌跡吧。

未來向我帶來迎面的一陣涼風，將過去種種憾事吹聚成河中斜陽的倒影，再散成一片片碧瑩的閃光，被捕蜉蝣的小孩用漁網一把撈起，飛濺到空中，成為明晨欲滴的露水。

我想，時間都是循環的，而愛也是。

不只有我們面對未來的愛，也定有未來倒流向我們的愛。那麼當初在生命中無法制止的遺失，其實都是前進時一次又一次的拾獲。

夕陽在河岸線中徹底沉沒，你也終於發現我在向你走來，放下相機，提起了超市的購物袋朝我揮一揮臂。我走近一看，裡面是沾著水珠的啤酒與晚餐。

此時天空的餘暉已被大片紫紅色的夜幕所融化，絲滑又濃稠，天上那畫家真的徹底醉倒了，竟用紅酒來代替顏料，將世界洗劫一空。路上行人都回家了，只剩街燈沉默地發出柔光，人間是如此安靜，沒有人，沒有哭聲，沒有傷痛，沉溺在此，就覺得過去不曾喧囂一樣。

我凝望周圍這一切的空曠，忽然拉住你的衣袖，舉起手指轉身在空氣中畫了一圈又圈，轉得我們難以站穩。

我停下來笑道——你看，都不用買酒了。
我心裡有酒，世界卻早已醉透。
人間荒謬，可我在人間拾溫柔。

你早已習慣我突發的奇怪行為，扶著我輕問：「那你撿到了什麼嗎？」
我點點頭。

撿到你了。
這個人間有你，便是我此生溫柔。

其實也不只你，只要關於愛的一切，都是我們無與倫比，排山倒海的溫柔。
為愛而生的曖昧，流過血的傷口，帶著狠的爭吵，已經逝去的人與遺憾，僥倖完成的成就，被迫放棄的目標，靈機一觸的預感，給自己的鼓勵，予別人的感動——都是我窮盡此生撿起過的溫柔。

還有許多未能察覺的，都想和你慢慢前進，在走向未來的路途上將他們輕輕拾起吧。

我希望你們也是一樣。

即使迷茫，你依然要用盡全力跑進風中，為了與溫柔重逢，也為了與你愛的人在這失控的世界裡，能夠再次相擁。

今生你只來人間一趟，所以你仍要去愛，愛你過去的悲傷，愛你未來的惆悵。愛人，也深愛自己。

因為到那時候你才能像我一樣發現——

曾經的分離只是起點，此刻的流浪亦是歸途，無數的相遇即是重逢，我們的相愛就是注定。

我正在未來愛你。愛著自己。

親愛的，願你的溫柔永不過期，願你永遠熱愛今生所拾獲的一切。

國家圖書館出版品預行編目資料

我在人間拾溫柔 / 伊芙著. -- 初版. -- 臺北市：皇冠文化出版有限公司, 2022.03
面； 公分. --（皇冠叢書；第 5006 種)(有時；18)
ISBN 978-957-33-3851-2(平裝)

855 111000772

皇冠叢書第 5006 種
有時 18
我在人間拾溫柔

作　　者—伊芙
發 行 人—平雲
出版發行—皇冠文化出版有限公司
臺北市敦化北路 120 巷 50 號
電話◎ 02-27168888
郵撥帳號◎ 15261516 號
皇冠出版社（香港）有限公司
香港銅鑼灣道 180 號百樂商業中心
19 字樓 1903 室
電話◎ 2529-1778　傳真◎ 2527-0904
總 編 輯—許婷婷
責任編輯—陳怡蓁
美術設計—嚴昱琳
手 寫 字—追奇手寫字體
行銷企劃—許瑄文
著作完成日期— 2021 年 10 月
初版一刷日期— 2022 年 3 月
初版二刷日期— 2022 年 6 月
法律顧問—王惠光律師

讀者服務傳真專線◎ 02-27150507
電腦編號◎ 569018
ISBN ◎ 978-957-33-3851-2
Printed in Taiwan
本書定價◎新台幣 350 元 / 港幣 117 元